张小娴

作品

流浪的
面包树

湖南文艺出版社
HUNAN LI'ERATURE AND ART PUBLISHING HOUSE　博集天卷
CS-BOOKY

据说面包树可以活到一千岁，能够跨过时间的茫茫浩海，比许多王朝活得更久，而我的这棵"面包树"今年刚满二十五岁，跟那些千百岁的同类相比，它就像个不谙世事的，还没开始长高的小孩子。然而，人的二十五岁却正是青春焕发、风华正茂的年纪，写《面包树上的女人》的那个我，正当年轻，没想到，一晃眼就二十五年了。

二十五年如昨，我已不再年轻，"面包树"却好像从来没有变老，它变成舞台剧，又变成电视剧，还有很多人很想把它变成电影。为什么作者老了，故事依然年轻？我着实有点妒忌它，它明明出自我的手，却更经得起岁月的风霜。

那是因为"面包树"的故事也是我们每个人的青春吧？

谁没有在年轻的时候义无反顾地相信爱情，追逐爱情，伤痕累累却不肯放手？谁没有在青春岁月里如此执迷而哀伤地爱着一个人？爱着一个捉不到的人，爱着一个让自己心碎的人。

我常常反复自问，林方文有什么好呢？他担不起程韵的那份深情，他不稳定，他不守承诺，他不止一次背叛她，可程韵为什么要死死地爱着他？为什么在痛苦和绝望的时候依然不肯后退，不肯接受那个对她更好的人？哪里会有无路可退的爱情呢？咬着牙转过去，谁说不会有另一片河山？或许，程韵也和我们一样，不是没有退路，只是不想回头，也不肯后退，害怕只要后退一步，只要稍微转身，就会失去那个人。

林方文有那么难以放下吗？直到后来，程韵已经说不出他的优点，却数得出他所有的缺点，可她还是爱他。原来，我爱你，终究跟你的好和不好无关，更多是因为无法解释的依恋和需要，也许还有心中的黑暗与残缺。

可那时候，我们并没有看到自己心中的黑暗与残缺，我们看到的只有幸福，我们告诉自己，只有和这个人在一起才会圆满，否则就是残缺。青春多好啊，就连无知与痴迷也是那么理直气壮，那一刻，爱情宛如肥皂泡般美丽，使我们一度以为它是永远的，以为它不会面对幻灭的命运。年轻的爱是那么单纯，我们都曾像个孩子那样去爱、去相信，甚至去受伤，毫无保留，完全信任，完全倚赖，从来没想过会失去。

那个简单的程韵，那个简单的你和我，只想和爱的人在一起，以为只要在一起就好，以为这样会幸福到老。可是，有多少爱，又有多少人，可以一直走到最后？

林方文一次又一次伤了程韵的心，她恨他吗？她几乎不恨他，她只恨自己无法不去爱他和想念他。当她知道他在斐济潜水失踪，她甚至祈祷，只要他活着回来，她愿意此生不再爱他，他活着就好。

她一再告诉自己，去爱别人吧，要是能够爱上对你最好的那个人，人生也许会比现在幸福。只是，曾经那么喜欢一个人，也就无法接受自己不够喜欢的人。

为什么不肯放手转身，擦干眼泪，奔向另一片河山？从今以后，自私一些，再自私一些，不要那么爱一个人，让别人来爱你不就好了吗？也不会再受伤了。可偏偏就是害怕一旦转身就会一无所有。

　　你并非不自由，你只是太痴心了。

　　痴心是弱点。一往情深，不过是自讨苦吃。可是，人有时候就是喜欢自讨苦吃。

　　二十五岁的时候，谁都渴望爱情。渴望爱情，就像我们都幻想过出走，幻想过逃离眼下的人生，我们想要和某个人一起过不一样的人生，他会带我们去看最遥远的地平线和最蓝的一片天空。

　　曾经那么渴望他方，后来才知道，每一条路，原来都是回去的路。

　　"面包树"里的三个女孩子，在爱情里一次又一次受伤，然后发现，成长才是女人最后的归宿。我们一生都在寻找所谓的归宿，走着走着，哭过痛过，心碎过，跌倒又爬起来，抹干泪水又再前行，才终于知道，归宿不是别人，是你自己。

　　万水千山，去了又回，跑了一圈，老了一双眼睛，才明白归宿是自己的事。若有下辈子，做一只自由的飞鸟，也许更胜过做一棵千百岁的老树，在那儿孤零零地盼望着风来爱你，盼望着雨水的滋养，盼望着小鸟的栖息。小鸟活不到千百岁又有什么关系？哪里会有永远呢？不过是一次又一次的聚散。

　　唯一的永远是那些我们喜欢过的故事，它们带着我们逃离现实人生的聚散离合，也逃过了时间的苍茫。有一天，作者和喜欢这部小说的读者都老了，故事的主角，程韵和林方文也依然活在小说里的那个年纪。当你老了，回望年少的那些日子，往事朦胧，但你会怀念那个憧憬爱情的十五岁、二十五岁，甚至三十五岁的自己。

可是，你不会想回到那个年纪，从头活一遍多累啊；但你会微笑回首曾经的深情，回首那个身不由己地渴望爱情的年少的自己。

我们追求永恒的爱情，到头来，姹紫嫣红开遍，似这般都付与断井颓垣，我们苦苦追求的东西从一开始就是不存在的。世间的一切皆无法永远新鲜与年少，爱情又怎会例外呢？又怎会有另一个平行世界可以回到初见的那天？只有当你接受爱情无法永远年少，你才能够接受它的不完美，接受它让你感到失望和挫败的那些时刻，甚至也接受它变老，变得没那么甜。

林方文在书里说："曾经以为，所有的告别，都是美丽的。我们相拥着痛哭，我们互相祝福，在人生以后的岁月里，永远彼此怀念，思忆常存。然而，现实的告别，却粗糙许多。"

二十五年了，我终于看出了告别如同转身。这辈子，不过就是一次一次的转身。你希望下一次转身可以洒脱些，甚至能够脸带微笑，坦然接受人生的聚散离别，可是，转身的一刻，你终究没忍住眼泪。

再过二十五年，那时我已经很老了，而面包树只有五十岁，跟它的老祖宗相比，依旧年少，要是到时候我还活着，但愿我能够写一篇五十年纪念的书序。

告别从来不易，重逢也许更需要智慧。爱情并不是人生唯一的追寻，它只是最烂漫却也最伤感的一种追寻；唯愿我们永不告别，有一天，也学会转身。

张小娴

二〇一九年年初

目 录

Contents

人生的过渡，当时百般艰难，一天蓦然回首，原来已经飞渡千山。是怎么做到的呢？却记不起来了。

第 一 章

除夕
不要来

流 浪 的 面 包 树

1

　　"嘘，程韵，那个男人是不是想偷书，他看起来鬼鬼祟祟的。"小哲走到柜台，在我身边小声地说。

　　小哲是我的助理，从书店开张第一天起便在书店里帮忙。来上工的那天，他戴了一顶鸭舌帽，眼神有点忧郁，看起来很像一个人，也许是这个缘故，我聘用了他。

　　我朝小哲说的方向望过去，看到一个男人。他个子很高，脸上架着一副大眼镜，浓密而微鬈的头发油腻腻地搭在头上，盖住耳朵，他长得瘦骨嶙峋，身上的蓝格子衬衫松垮垮的。瘦成这个样子，只消用一根竹竿，便可以把他整个人挑起来，挂在墙壁上。一看他的模样，便想到他是家里堆满了书和过期杂志，半张床也被书占据着，每天跟书睡在一块而不是跟女人睡的书虫。

"他常常来吗？好像有点面熟。"我说。

"不觉得，但是，我们近来书不是常常不见吗？"

"他看起来是个爱书人。"

"所以才会偷书。"小哲悻悻然地说。

那个男人突然转过身去，迅速把手上的一本书藏在怀里，然后匆匆走下楼梯。

小哲连忙冲上去，一把抓住他的胳膊，说："先生，你身上的书还没付钱！"

那个男人慌张起来，使劲把小哲推倒在地，没命地奔逃。

2

他跑得很快，我以为他是书呆子，没想到他很会跑，虽然他跑起来很明显是外八字的。或许是外八字的缘故，他跌了一跤，被我追上了，我拉着他的衬衫衣角，喘着气说：

"你还没付钱！"

他坐在地上，脸涨红了，厚厚的眼镜也歪了，那本书从他怀里跌出来。

"你知道我们开书店是很辛苦的吗？你不该不付钱！"我教训他。

"对不起，我也不想这样。"他说。

"那为什么要这样做？"

"是控制不了自己。"他说，"可是，只要看过是好书，事后我会回来把买书的钱放在柜台上。"

怪不得近来我经常在柜台上发现一些钱。

"写得不好的书呢？"

"那我会把它毁灭，不让不好的书留在这个世界上。"他慷慨激昂地说。

这人似乎对书有洁癖。

"你无权这样做。"我说。

"我知道。"他抓起衬衫的衣角抹去眼镜镜片上的尘埃，忽然之间，我记起他是谁了。

"你是大近视？"

"你是……"他讶异地望着我。

那一年，林方文拿了稿酬，送了一把小提琴给我，为了能够用那把漂亮的小提琴拉一首歌，我到老师那里学小提琴，在那里认识了也是来学小提琴的大近视，他拉得和我一样差劲。

"你是不是跟杨韵乐学过小提琴？"我问。

"哦，是你！"他尴尬地说，"好久不见了。"

是的，那些日子多么遥远。

3

"你吃一片吧，我们的核桃面包做得很好。"我把面包放在大近视面前，又倒了一杯甘菊茶给他。

"谢谢你。"他咕噜咕噜地把那杯甘菊茶倒进肚子里，一边用衣袖抹汗。

每天下午三点，书店会有刚出炉的新鲜面包贩售，是小哲做的，他从前当过面包学徒，会做很多美味的面包。

除了小小的面包厨房之外，我们还有花草茶，客人可以坐到书店的阳台上，一边喝茶，一边看书。每天下午，面包的香味在空气里飘荡，成了书店的特色。

"要不要报警？"小哲盯住大近视，然后问我。

大近视尴尬地低下头吃面包。

"不用了。我们原来是朋友。他每次事后也会回来把买书的钱放在柜台上，我们不是常常发现柜台上有些零钱吗？"

"那倒是怪癖！"小哲揶揄他。

"每个人都有一点怪癖吧！"我替大近视解围。

4

"每次读到写得很差劲的书，我也有把它毁灭掉的冲动，但是不可以啊！我不是你，不是杀书敢死队。既然是朋友，你以后买书要付钱啊！"我说。

"得了！得了！"他扬扬手说。

流浪的 面包树

"到别的书店也是。"

"得了！得了！这家'面包树'书店是你的吗？"

"嗯。"我点点头。

"开了多久？"

"一年多了。"

"为什么会叫'面包树'？"他好奇地问。

"是为了纪念一个人。"我说。

5

"我还不知道你叫什么名字。"我说。

"朋友都叫我大虫。"

"大虫？是不是经常在杂志上写书评的那个大虫？"

"对了！"他得意地微笑。

"你的书评写得很好，我是你的读者。"

我连忙告诉小哲："原来他是写书评的那个大虫。"

"是吗？"小哲对他好像有点改观了，他常说大虫的书评很有见地。

"你提过的书，很多人来买。"小哲说。

"是吗？"大虫沾沾自喜。

"你还学小提琴吗？"我问大虫。

"没有了，我根本没天分。"

"我记得你说过，是因为对一个朋友的承诺而去学小提琴的。"

"是的。"他带点伤感地回答。顷刻之间，他好像变成一只受了伤的麻雀，瑟缩在那件大衬衫里。

那是一个爱情故事吗？什么女人会爱上大虫？

6

我回到家的时候，杜卫平靠在沙发上，一边用一条毛巾抹着刚洗过的头发，一边把双脚放在电动按摩机上按摩。

"你回来啦？"他说。

"嗯！累死了！"我踢掉脚上的鞋子，四处找拖鞋。

"有没有看到我的拖鞋？好像老是找不到。"

他不知道在哪里找到其中一只，扔过来给我："因为你总是乱丢。"

"哪儿有！"我瘫软在沙发上。

"很累吗？"杜卫平问。

"今天跑了好几百米呢！"

"为什么？"

"追一个老朋友。我们以前一起学小提琴的。"

"你学过小提琴？为什么从来没听你提过？"

"我还有很多事情是你不知道的。"我微笑着说。

"按摩机你用完了没有？给我用。"我说。

"我才刚开始呢！我也很累啊！今天餐厅的生意很好，我忙了一
整天。"

"给我用嘛！"我伸出脚把按摩机拉过来。

他踏着按摩机，说："不行！你每次都这样！"

我用力把按摩机钩过来："给我嘛！"

他不肯放开脚："是我买的，你自己不是有一台吗？为什么不用？"

"那一台比不上这一台嘛！你用那一台吧！"我踏在他的脚上。

"不行！先抢先赢！"他踢开我的脚。

我钩开他的脚："让给我！"

"一人一只脚，怎么样？"他没好气地说。

我笑了："好吧！"

"我做了日本柚子凉面，你要吃吗？"他问。

我用力地点头。

"在冰箱里。"他说。

"你去拿。"我说。

"你自己拿。"

"那我不吃了。"我说。

后来，我还是吃了冰箱里的柚子凉面。用新鲜柚子汁做的面条，清甜得像水果，在这样的夜里轻盈了我疲倦的身体。

不知道从何时开始，我爱上了吃。虽然吃得不多，而且总是胖不起来，但是，看到美食，我便会忘记所有烦忧，觉得人生还是有无限的可能。

我的书店里，有很多关于美食的书，每天做面包，也是想让食物的味道包围着自己。将来，我也许要写一本食谱，那是我的励志书。人只要还有食欲，心里便平定了。

7

杜卫平已经睡了。我站在鱼缸前面，霓虹光管下，漂亮的蓝魔鬼鱼在吃饲料。它们是我从水族馆特别订回来的。蓝魔鬼鱼原产地在太平洋一带，那是我从未去过却有太多故事的地方。

我从来没想过自己会养鱼。从小到大，我没养过鸟兽虫鱼或一草一木。童年时，看到杜卫平养的一只小黑狗，我甚至骄傲地说：

"我只会养我自己！"

然后，从某天开始，我养了鱼。那是我和海的唯一联系，我深深相信，我所爱的那个人，仍然躺在海里。

杜卫平是我的室友。那个时候，我把跑马地的房子卖了，那笔钱用来开书店。书店已经花去我所有的积蓄，本来以为自己要住在书店里的，一天，我在街上碰到杜卫平。

"你是程韵吗？"他叫住我的时候，手上拿着一块木板。

杜卫平是我的小学同学，那时候我常常跟他打架。他发育得比我晚，四年级的时候，我比他高出半个头，所以经常欺负他。谁知道过了一个暑假之后，他比我高出整整一个头，但是我继续欺负他。

小时候，我们住得很近。一天黄昏，我在附近碰到他拖着一只胖胖的小黑狗散步。那只小狗刚好跷起一条腿，把尿撒在电线杆上。杜卫平充满怜爱地告诉我：

"这是我的小狗渡渡。"

"将来，我只会养我自己！"我骄傲地说。

虽然我那样可恶，他却似乎很喜欢跟我在一起。

我们曾经在男厕里打架，那一次，被训导主任逮住了，罚我们在烈日当空的操场上站着。

"你将来要做什么？"我问他。

"我想当厨师。"他说。

他家里是开粮油杂货店的，自小已经接触过很多食材，他爸爸的厨艺也非常出色，耳濡目染，他对食物有一种特别的感情。

然后，他问我："你呢？"

"我要当厨师的老板。"我笑笑说。

"我会自己当老板。"他扬了扬眉毛说。

我望着他，觉得他的样子愈来愈模糊，然后，我便昏了过去。不是因为不能当他的老板，而是热昏了头。听说，我昏倒之后，是杜卫平把我抱到厕所的，他被我吓坏了。

那天碰到杜卫平的时候，我们已经许多年没见了，却没有一点陌生的感觉。童年的日子，遥遥呼唤，重演如昨。年少时候的感情，好像是一辈子的。

"你要不要搬来跟我住？"知道了我的情况之后，他说。

8

杜卫平的公寓坐落在湾仔海边，朝向西方。这幢公寓已经有三十多年的历史了，外表有些破旧，然而因为可以看到日落，所有的破旧都变成一种品位。从他家走路到我的书店，只需要二十分钟。我碰到他的那天，他正在买材料装潢房子。

杜卫平的女朋友是个舞者。他买房子，原本是打算跟她一起住的。可是，她突然决定去荷兰念书。有两个房间的公寓，只剩下杜卫平一个人。

"她下星期便走了，到时候我来帮你搬家。"杜卫平说。

从前常常被我欺负的小男孩，没想到现在变成了我的大哥哥。

9

搬家的那天，一个女孩子开一辆小货车载着杜卫平来。

"我就是要去荷兰念书的那个人。"韩漾山爽朗地自我介绍。

韩漾山束起一根马尾，穿着一件横条纹背心和紧身牛仔裤，外套绑在腰际，裤子上别了几枚徽章，有点不修边幅。这种不修边幅，似乎又是花了一番心思的。这样的女孩子，在中学时代，该会是个千方百计在制服上动手脚犯校规，上圣经课时偷偷听麦当娜，跟同学躲在女厕抽烟的少女，任性而不甘于平凡。

"他一定要我来，说是要我看看他跟什么女孩子一起住。"韩漾山说。

杜卫平尴尬地笑笑。他是要证明自己绝对不会对我有任何幻想吗？

"他大概希望我放心。"开车的时候，韩漾山说。

放心？是指我的人格还是说我没有吸引力？

"其实有什么关系呢？"韩漾山说，"假如你们爱上了对方，也没有人可以阻止。"

我瞅了杜卫平一眼，说："我才不会爱上他。"

"我也不会。"杜卫平朝我扮了个鬼脸。

车子停在公寓外面，杜卫平下车，替我拿行李。

"你知道我为什么喜欢他吗？"韩漾山一边关掉引擎一边问我。然后，她悄悄在我耳边说："因为他做的菜太好吃了！我最容易爱上三种男人：厨师、摄影师、舞者。摄影师是最好的情人，舞者是最好的性伴侣，厨师是最好的男朋友。"

我大概猜到杜卫平在那方面的表现了。

10

"你为什么会去荷兰念书？"我问韩漾山。

"我喜欢荷兰，这个国家够坦诚嘛！阿姆斯特丹市内，红灯区和色情商店林立，风化案在犯罪案中的比率却很低。而且，我觉得自己的学问太少了，我哥可是神童呢！他十四岁已经上大学，我却不是神童，真不公平。"

我诧异地望着她："你哥不会是韩星宇吧？"

"你认识他吗？"

"嗯。"我点点头。

"是老朋友？"她问。

"是的。"

"你刚才的神色看起来不像啊！是情人吧？"她甩甩那根马尾辫说。

"我们已经分手了。"

"为什么？"

"是我不好吧。"我抱歉地说。

"那么，是你抛弃他的吧？"她耸耸肩膀，说，"没想到哥哥这么好也会失恋呢！你还见到过他吗？"

我摇了摇头。

或许有一天吧。

11

韩漾山终于走了。

杜卫平一直闷闷不乐，一天，他买了一堆猪脚、香肠、腊肉、马铃薯、芹菜、葱和荷兰豆回来，做了一大锅荷兰豆汤，心情才好起来。这个汤，是荷兰水手最爱喝的，从十七世纪起，便成为荷兰的招牌菜。

流浪的 面包树

"现在好像和在荷兰的她有了一点联系，仿佛是在某个时空生活在一起。"他一边喝汤一边说。

"我可以在这里养一缸热带鱼吗？"我问。

"你喜欢养鱼吗？"

"也跟你一样，在天涯某处跟一个人联系。"我说。

"嗯，我明白。"他说。

12

这两年来，我常常在想，世上有没有幸福的离别？

没有苦涩的泪水，也没有遗憾，离去的人根本不知道那即将是一场告别。

带着微笑远离，是最幸福的一种离别。所有的不舍，留给等待的那个人。

一天将尽，离别之后，明日我们还会相见吗？

明日，也许是天涯之遥。

杜卫平用肚子回答了想念。我乘着蓝魔鬼鱼，游向思忆的最深处。

13

从来没有养过鱼的我，并没有想到养鱼是那么困难的。

第一次买回来的两条蓝魔鬼鱼，三天之后便死了。

"可能是鱼缸里的盐分调得不好。"杜卫平说。

再买回来的两条蓝魔鬼鱼，也相继死去。

"不如买一些比较容易养的金鱼吧。"杜卫平劝我。

"不，我就要养这个。"我说。

后来买的蓝魔鬼鱼，也总是活不长。每个夜里，我战战兢兢地待在鱼缸前面，久久地凝望着缸里的鱼，确定它们是活生生的，才敢上床睡觉。

可是，昨夜活生生的鱼，第二天早上却沉睡了。

我啃了很多关于养热带鱼的书，到水族馆去观摩，向养过蓝魔鬼鱼的人讨教，自以为已经有些把握了，可是，正如杜卫平所说，有些人有本事养死任何生物。

我有很多理由放弃，只是，我已经不是从前那个很容易放弃的人。

14

后来，我又买了两条蓝魔鬼鱼。它们身上的蓝色，漂亮得像天朗气清的晚空。我夜夜守候直至疲倦，每天早上起来看见它们依然活着，便是最大的快乐。

"这一次应该没问题了。"杜卫平说。

然而，一天晚上，其中一条蓝魔鬼鱼翻了肚，我拿渔网去碰它，也没法再把它唤醒。

我爬上床，把自己紧紧裹在被子里，沮丧地呆望着天花板。杜卫平说得对，也许我该养别的鱼。

第二天早上，当我走到鱼缸前面，我简直不敢相信自己的眼睛，昨天那条翻了肚的蓝魔鬼鱼竟然活泼地在鱼缸里游来游去。

"是不是你换了我的鱼？"我问杜卫平。

"我怎可能一夜之间找一条魔鬼鱼回来？听说有些鱼翻了肚之后又会奇迹般活过来。"杜卫平说。

我怔怔地看着那条死而复活的蓝魔鬼鱼，它让我知道不该绝望。

这一缸鱼，我养到如今。去水族馆的时候，反而有人向我讨教养蓝魔鬼鱼的心得。我终于明白，所有的心得，都是战战兢兢的历程。当时忐忑，后来谈笑用兵，就像曾经深爱过的人，才明白孤单是一种领悟。

15

餐厅的入口有轻微的骚动，每个客人都朝那个方向望去，我知道是葛米儿来了。果然是她，她染了一个泥鳅色短发，发根一撮一撮地竖起，活像一个大海胆。

"漂亮吗？"她坐下来问我。

"我只能说是勇气可嘉，你一向如此。"我说。

"你的发型太保守了，早该换一下。"她说。

我笑了笑："我把创意留给我的书店。"

"来的时候，我想到一个很好的点子！"她说。

"什么点子？"

"下次歌迷会，在你的书店举行，不就可以替书店宣传一下吗？"她兴奋地说。

"拜托你千万别来！你的歌迷会把我的小小书店挤破，饶了我吧！"我说。

"我还以为你会高兴呢！"

"等我将来有一家很大的书店，你再来开歌迷会吧。"

"那好吧！杜卫平呢？我想知道今天有什么好吃的。"

杜卫平走过来，看到葛米儿的头发，不禁朝我笑了。

葛米儿风骚地向杜卫平抛抛媚眼，问："漂亮吗？"

"我们今天正好有海胆意大利面，跟你的发型很配合。"杜卫平说。

"什么嘛！海胆哪儿有这么漂亮！你跟程韵真是一伙的。对了，可不可以换一张大一点的桌子给我们？"

"我们不是只有三个人吗？"我问。

"不，还有六个人来。"

"六个什么人？"

"当然是男人。"

"你为什么找六个男人来？"

"介绍给你的呀！"

"也不用六个吧？"

杜卫平搭话说："她知道你挑剔。"

"多些选择嘛！我让你先选，然后我才选。怎么样？够朋友吧？"

"当然先让我选，我的年纪比你大。"

"谈恋爱是很快乐的！我只谈快乐的恋爱。"她一边把面包放进嘴里一边说。

恋爱对于葛米儿，便像她吃面包一样，只挑她喜欢吃的，只吃她想吃的部分，吃不完的，可以放回篮子里。真想知道，她住的那个岛国，是不是每个人都如此简单快乐。假如真的是，我便放心了。那片地方，是永恒的乐土，就像她从前告诉过我，在斐济，每逢满月的晚上，螃蟹会爬到岸上，比目鱼也会游到浅水的地方，天与海遥遥呼应，在那样的夜里，我们看到的，是同样的月光。

16

葛米儿说的那六个男人都来了。

S 是乐团成员，很积极地跟我讨论乐团里的吸毒问题。

广告导演 E 告诉我，他前一天用一只狗拍广告，弄得他和那只狗一起口吐白沫。不过，那只狗也真是无话可说，它能够在一副扑克牌里找出两张小丑。

摄影师 W 向我讨教养蓝魔鬼鱼的心得。

Y 是杂志编辑，他告诉我，他每天要读一遍圣埃克苏佩里的《小王子》才能够睡熟。

写歌词的 C 告诉我，他近来常常失眠，Y 建议他临睡前看《小王子》，他对 Y 说："我的心灵才没那么脆弱！"

K 是葛米儿的歌迷。

虽然 K 是六个人之中长得最帅的，但是，他是葛米儿的歌迷，似乎有点那个。

葛米儿说："他对我忠心耿耿，要是他对你不好，我可以对付他。"

我跟这六个男人都谈得来，可是，他们似乎全是葛米儿的品位，不是我的。

我喜欢这样的夜晚，享受满桌佳肴，跟新认识的朋友聊天。从前我以为人生最美好的出路是恋爱，现在才知道自己错过了一些什么。

"六个之中，你喜欢哪一个？"

离开餐厅，一起走路回家的时候，杜卫平问我。

我微笑地摇摇头。

自从韩漾山走了之后，他变得落寞了。他省吃俭用，存了旅费到荷兰看过韩漾山一次。去的时候满心欢喜，回来之后，我又被迫喝了两个星期的荷兰豆汤，陪他思念远方的情人。

上个月，韩漾山从阿姆斯特丹跑去了巴塞罗那。这样还好，我比较喜欢吃西班牙菜。

"昨天收到她寄来的信，她找到房子了，隔壁住着一个舞者。"杜卫平说。

"舞者？男的还是女的？"

"男的，是个黑人。"

黑人？舞者？完了！我在心中嘀咕。

看见我奇怪的表情，杜卫平问："什么事？"

"哦，没什么。"我想起韩漾山对舞者的评价，有点替杜卫平担心。

"想过去找她吗？"我问。

"我走了，谁来收留你？"

"你不是为了我才留下来的吧？"

"我觉得好像有责任照顾你。"

我感激地朝他微笑。

"卖掉房子去西班牙找她吧，不用理我。"我说。

"说是照顾你，也许是个借口。"杜卫平笑笑说，"我舍不得放弃在这里的工作和朋友。从前我以为当你很爱一个人，会为她放弃一切。可是，我不想放弃。"

"你可以为爱情放弃很多东西，却不能放弃自己的人生。这不代表不爱她。"我说，"可是，隔着这么遥远的距离，是很危险的。"

"可能我已经习惯了吧。"他耸耸肩膀微笑。

"你什么时候改变主意的话，跟我说一声便可以了，我会另外找地方。你已经陪我度过最艰难的时刻。"我说。

"你也陪我度过了最寂寞的日子。"他说。

从前看过一本心理学的书，有一个名词叫作"度人者"，"度人者"可能是情人、朋友或者是心理医生，度人者陪那个人度过了人生最灰暗的日子。杜卫平是我的度人者，只是我没想到，我也是他的度人者。

人生的过渡，当时百般艰难，一天蓦然回首，原来已经飞渡千山。是怎么做到的呢？却记不起来了。

18

初夏的一天，我收到朱迪之寄来的信。

程韵：

书店的生意好吗？

你的室友有没有性骚扰你？嘻嘻！收到你寄来的照片，你们很匹配呢。

这阵子伦敦的天气不太好，常常下雨。虽然看到乌云的时候比看到阳光的日子要多，但是，我好喜欢这里，一个人拿着一本书便可以在咖啡店里消磨一个下午。跟朋友泡酒馆又可以度过一个愉快的周末。

我最近搬家了，以前是跟一个同学住，这一次是跟另外三个同学一起住，房子大了许多，租金却便宜了。现在是全职的穷学生，当然要省吃俭用。

我的室友是两女一男。两个女孩子分别来自埃及和印度，男的是伊朗人，我们加起来，便是四大文明古国了。来自伊朗的男生跟伊朗王室有点远房亲戚关系，我们叫他末代王孙。假如嫁给他，我不就像戴安娜一样，成为王妃了吗？那天在哈洛斯百货（Harrods）看见戴安娜，真的很高贵呢！

可惜，我跟末代王孙只是谈得来，没有恋爱的感觉。从前觉得女人太久没有被男人抱，肚皮都会长出苔藓，如今却很享受一个人的清风明月。

沈光蕙有没有写信给你？温哥华太静了，不适合我，只有她可以忍受。

从来没有想过，我们三个人会像现在这样：一个在欧洲，一个在美洲，一个在亚洲。小时候，我们通常会拣一个中间点见面。假如今天要相见，该在地球上的哪一点呢？

心爱的蓝魔鬼鱼安好吗？想念你，珍重。

迪之

一九九七年

黄昏里，我回了一封信给朱迪之。

迪之：

杜卫平暂时还没有性骚扰我。我们真的很匹配吗？外表匹配的两个人，不一定会相爱的。

书店的生意还算不错。我认识了一个朋友，其实不算新认识，他是以前跟我一起学小提琴的大虫。大虫是书评人，他现在常常在专栏里提到我的书店，所以，"面包树"书店也算有了点名气。

末代王孙长得帅不帅？他真的不可能吗？伊朗的女人都要穿黑袍，一旦嫁到伊朗，只怕埋没了你的美好身段，你是不会甘心的。

沈光蕙在忙着搞自己的房地产公司，我们通过电话，她忙得很呢，冷落了好几个追求者。

假如我们相见，中间点可会是月球？

寄上葛米儿的新唱片给你，她游说我写歌词，可是我怎么会写呢？何况我已经见过最好的。人见过最好的，便很难走回头路。

蓝魔鬼鱼非常健康活泼，只是无法跟我厮磨，这一点，是鱼的先天不足。

葛米儿介绍了六个男人给我认识，全都一表人才，你一定恨得掉眼珠吧？尽管羡慕我！

我刚刚开始读一个中医课程，并不是打算悬壶济世，而是很想充实自己，很想真诚地投入生活。

班上的同学，有的是教师，有的做生意，连功夫教头也有。跟我比较谈得来的，是郁郁和蒂妹。她们年纪跟我差不多。郁郁长得娇小，脸上常常挂着亲切的微笑，是那种毫无侵略性的女人。她是秘书，光看外表，你一定猜不到她家里是卖蛇的，她小时候跟蛇睡在一块。

蒂妹每次上课都打扮得花枝招展，她是迷死中年男人的那种细皮嫩肉，像粉团一样的女人。我猜不透她是干哪一行的。

我的同学，像武侠小说那样，来自五湖四海，深藏不露，绝对不会比你的四大文明古国逊色呢！有时候，人要走出自己的小天地，才会发现世界的辽阔。你在英国找到了自己的清风明月，我在这里也找到了雨后彩虹。

好了，我要去上课啦！努力，珍重。

程韵

20

我躺在床上。这一课，我是病人，蒂姝是医师。我们学的经穴按摩，是中医学里比较浅易的东西。

授课的曹老师是个正经八百的中年男人，他是咏春拳高手，偶尔会技痒，扔下课本，在我们面前表演两招，听说他跟李小龙切磋过呢。

曹老师一边讲课，蒂姝一边替我按摩。

翻到笔记的其中一页，曹老师的声音忽然变小了，尴尬地说："接着这一个，哦……是壮阳的……你们不用学了。"

蒂姝突然举起手，说："我想学！"

可怜的我，被当成男人，躺在床上，任由蒂姝按压搓揉我身上最敏感的地方。

21

“你刚才有没有反应？”下课的时候，蒂姝问我。

“没有呢！我又不是男人。”我说。

“那么，到底有没有效呢？”她嘀咕。

“应该不会马上有效吧！”我说。

“嗯……要在男人身上试一下才知道。”她喃喃说。

这个时候，郁郁正好走过，蒂姝拉着她说：

“郁郁，我想跟你借一条蛇。”

“借蛇？你要蛇干什么？”她吃惊地问。

蒂姝神神秘秘地说：“只要一天便可以还给你，好吗？”

“你要有毒的还是没有毒的？”郁郁问。

蒂姝吐了吐舌头：“当然是没牙没毒的，搞出人命怎么办？我明天来
你店里拿，可以吗？”

“可以。”

"明天见！"蒂姝匆匆走了。

"她要蛇干什么呢？"郁郁问我。然后，她哑了似的说："会不会……咦……做一些……咦……很变态的事情？"

我笑笑说："还是不要去想象的好。"

22

地上全是碎裂的碟子，杜卫平拿着两根藤条，模仿杂耍员的凌空转碟子杂技。

"你在干什么？"我问。

"前几天收到漾山的信，她在学杂技呢！"

"所以你也要学？无可救药的痴情狂！"

"等我成功了，你便不会这样说。"

"杂技可以自学的吗？"

"我去你的书店里拿了一本《西洋杂技自学入门》。"他瞄瞄那本摊开在桌上的书，然后说，"可能会学得慢一点，漾山有黑人教她。"

"住在她隔壁的那个？"

"嗯，他以前是杂耍员。"

黑人，舞者，还会耍杂技？完蛋了。我在心里说。

"你有没有看到我的拖鞋？"我问他。

杜卫平收起手上的碟子，不知从哪里把拖鞋踢过来给我。

"你在哪里找到的？"

他没好气地说："刚才我坐在沙发上，有个东西顶住我的屁股。"

"是吗？对不起。"我把在学校里买的人体穴位图从背包里拿出来，说，"我要把它挂起来。"

"你把这个穴位图挂在家里，不太好吧？"

"为什么？"

"他没穿衣服。"

"既然是穴位图，当然是不穿衣服的，难道要穿法国时装吗？"

"我是说，为什么不是一个一丝不挂的美女？"

"这种穴位图是不会用女人的。"

"但是，这个男人有个器官，不太好看。"

"男人当然有个器官，你没有吗？我是挂在我的房间里，又不是挂在这里，不会对你有影响的。"

"怎么会没有影响？"

"怎么影响你？"

"你天天对着一个赤裸裸的男人，很容易会对我有不切实际的幻想！"他扬了扬眉毛说。

"你有人家的身材这么标准吗？"我指着穴位图上的男人说。

"我也不错呀！"

他学着李小龙，呼一口气，提起肩膀和两条手臂，做一个大鹏展翅的动作。

我大笑："你的胸围比我大不了多少！"

"今天上课学了什么穴位按摩？替我按摩一下可以吗？上次治头痛的按摩很有效。"他说。

"今天学的不适合你。"

"为什么不适合？"

我望着他，笑了："总之你用不着。"

"嗯，明白了，我用不着，你用得着。"

"你明白什么？"

他自作聪明地说："一定是治疗妇女病的！"

"如果是这样，我不会说不适合你。"我气他。

当初决定和杜卫平一起住的时候，以为只是暂时的，并没有想过日子会是这样。无论多晚，回到家，总有一张笑脸在等我。有时候，我们会聊天，直到其中一个不知道什么时候睡着了。度人者的阶段不免有点苦涩，共同生活却是快乐和充实的。

23

"你干什么？"杜卫平回来的时候被我吓了一跳。

因为第二天要考试，而我总是记不牢人体的穴位，所以索性把每个穴位的名称写在一张贴纸上，然后贴在自己身上的穴位上。

"我在温习穴位。"

"我还以为你用功过度疯了。这样有用吗？"

"前面是没问题的，可是，后面的穴位，自己是看不到的。已经很久没有考试了，上一次考试，是大学的毕业考。明天不合格怎么办？"

杜卫平脱掉外套，趴在沙发上，两脚伸直，双手垂在两旁，说：

"来吧！"

"来干什么？"

他回过头来说："你以为干什么？你把贴纸贴在我身上的穴位上，不就可以温习后面了吗？"

"我怎么没想到呢？"

"快来贴贴纸吧！"

"可是，你才下班，不累吗？"

"没关系，我趴着也可以睡觉。"他说。

我把写上穴位的贴纸贴在他身上，转瞬之间，他成了我的人肉穴位图，背脊、头发、脚底和耳朵都是贴纸。

"好了！现在不要随便动。"我拿他用来练习转碟子的藤条，在他身边踱步，随时一个转身，戳到哪一个穴，便记哪个穴位。

"人的身上为什么要有那么多穴位呢？"我埋怨。

"无聊的问题不要问，快用我来温习。"他僵直身子说。

天亮之前，我终于把人体后面的穴位背得滚瓜烂熟。

"行了！"我用藤条戳他的脚底。

他没有反应，原来早已睡着了。

"今天考得怎样？"第二天放学回家的时候，杜卫平问我。

"嗯，应该不错吧。"

他的样子看起来很累。

"你不舒服吗？"

"好像有一点感冒。"他一边擤鼻涕一边说。

"可能是昨天晚上太累了，都是我不好。你趴着，我帮你按摩一下。"我挽起衣袖说。

"千万不要！"他连忙退后了两步，"你昨天已经用藤条戳遍我全身每一寸地方，我的前半身没事，可是我的后半身已经不遂了。"

"有后半身不遂的吗？"我尴尬地说。

"我睡一觉，明天便没事。"他说。

我冲了一杯紫翼天葵给他喝，可以纾缓感冒。

"好了点没有？"我问。

他笑笑说："好像打通了全身经脉，好一点了。"

25

可是，第二天起来的时候，他好像比前一天更累，而且有点发冷。

我觉得很内疚。

"去看医生吧。"我说。

"看中医还是西医？"他问。

"西医吧，可以快一点好。"

他笑着摇了摇头："我只要再睡一会儿便没事。"

他爬到床上，用被子将自己包裹起来。

我靠在他卧室的门上，说：

"为什么男人生病的时候宁愿在被窝里呻吟，也不肯乖乖去看医生？"

"因为他们怕打针。"他说。

26

"来，喝了这碗药。"我把药端到他面前。

"这是什么药？"

"是感冒茶，我煎的。"

"苦不苦？"

"不苦。"我说。

他喝了一口，脸也扭曲了。

我哄他："喝完这碗药，睡一觉便没事。"

他乖乖地把药吞了。

几个小时之后，他从卧室走出来，精神好了一点，说：

"好像没事了！"

"不是跟你说过嘛！"

可是，才一会儿光景，他不停地拉肚子，脸色也变得苍白了。

他从厕所出来，软趴趴地倒在沙发上，问我："你那碗到底是什么药？"

"只是很普通的感冒茶。"我嗫嚅着。

"学校的老师有没有教错你？"

"不是老师教的，是我自己看书看的，老师还没有教我们执药。"

"什么？"他几乎昏了过去。

幸好，到了夜晚，他好起来了，我这才松了一口气。

"证明我这一帖药是有效的。"我说。

"当然了，所有病毒都泻了出来。"他苦着脸说。

"书上说，这一帖药即使医不好，也绝对不会吃坏人。你说怕打针，所以我才给你煎药。"

"幸好你只是找我来试药，不是练习针灸，多谢你饶我一命。"他有气无力地说。

"嗯，对了，你的命可以说是我捡回来的。"我一边说一边躲进自己的卧室。

"以后我不会再随便吃你给我的任何东西！"他在门外说。

27

星期天的下午，书店外面忽然人声鼎沸。

"好像是有示威游行。"小哲说。

我和小哲、大虫挤到阳台上看热闹。我从没见过这么香艳的游行队伍。庞大的队伍中，几乎全是女人。那些女人穿红着绿，有的穿热裤，有的穿迷你裙和紧身 T 恤，每个游行者都架着太阳眼镜或者用丝巾遮住半张脸，似乎不想让人看到真面目。

"示威的是什么人？"我问。

"是按摩院的按摩女郎。"大虫说。

"按摩女郎为什么要游行呢？"我嘀咕。

当我往下望的时候，无意中看到一张熟悉的脸，对方也刚好抬头看我。那不是蒂姝吗？她架着一副小巧的太阳眼镜。我们四目交投的时候，我有点尴尬，她却大方地向我微笑。

28

第二天上课的时候，蒂姝悄悄跟我说：

"下课之后一起去吃饭好吗？我约了郁郁，上次向她借了一条蛇，还没有答谢她。"

"好的。"我说。

"哪里的东西好吃？"蒂姝问。

"去我朋友开的餐厅好吗？"我向她推荐"渡渡厨房"。

"是姓杜的杜吗？"她问。

"不，是渡过的渡。"我说。

起初我也以为是杜卫平的"杜"，后来才知道是"渡渡"，我以为是纪念他儿时养的那只小黑狗渡渡，原来还有别的意思。

渡渡是一种已经绝迹三百年的鸟。渡渡鸟的栖息地在印度洋岛国毛里求斯，由于人类不断地开垦土地，加上岛上其他动物的侵略，渡渡鸟终于灭绝。

今天，科学家发现在渡渡鸟绝种的同时，岛上一种树也在这三百年间变得稀少。这一切岂是巧合？原来，渡渡鸟是吃这种树上的果子的，果子的残渣通过渡渡鸟的消化系统再排出来，便是种子传播的方法。

后来，科学家找到消化系统跟渡渡鸟很接近的火鸡，让它们吃树上的果子，这种树才得以在岛上再生长。为了纪念渡渡鸟，科学家把这种树命名为渡渡树。

跟杜卫平重逢的时候，我们已经各自开了自己的书店和餐厅，只是万万料不到，我的是"面包树"，他的是"渡渡树"，而且在同一条街上，只是隔着五棵大树的距离。

为什么是渡渡？

杜卫平说，渡渡树是浴火凤凰。

"为什么是面包树？"他问。

我说，在那个遥远的岛国上，长满了面包树。

29

"那家书店是你的吗？"在渡渡厨房吃饭的时候，蒂姝问我。

我点了点头。

"很漂亮！"她说。

"书店里的食谱多不多？"郁郁问我。

"我们最齐备的便是食谱，我最喜欢吃。"我说。

"关于甜点制作的呢？"郁郁问。

"也有很多。"

"那我改天要来看看。"她说。

"昨天你看到我的时候，我是跟按摩院的同事一起参加游行。"蒂姝主动说。

"我看见你们拿着'欠薪'的示威布条，是怎么一回事？"我问。

"我们几家按摩院是属于同一个老板的，那个老板很有钱，偏偏拖欠我们的薪水，听说他的钱都拿去炒卖。"

"这会让你们失业吗？"郁郁问。

蒂姝轻松地说："我才不怕，我的手艺这么好，不愁没有按摩院请我。来学中医，是想充实自己。我希望将来开一家全香港最大规模的按摩院。"

"那得要很多钱啊。"我说。

"所以我要努力存钱。我每天差不多都是半夜两三点才下班的。"蒂姝说。

"那不是很辛苦吗？"我说。

"因为有了目标，所以怎么辛苦也觉得值得。等我成为中医之后，更可以帮顾客看一些疑难杂症、男科暗病呢。这样的话，客人才会常常来光顾。"蒂姝说。

然后，她问郁郁："你呢？你为什么来学中医？"

"想多了解中药的知识，因为我喜欢吃甜品，所以很希望将来可以开一家药膳甜品店，将中药和甜品结合。"郁郁说。

"听起来很吸引人啊。"我说。

"跟以前的男朋友在一起时，两个人都有这个梦想。那时候虽然还没有钱开甜品店，但是，每逢假期，我们都会到处去看店面，然后幻想这个店面已经被我们租下来了，要怎么装潢。"

"你说是以前，也就是现在没有在一起了？"蒂姝问。

"去年年底，一个住在郊外的女人报案，说在家里发现一条大蟒蛇。警察通常会找捉蛇专家去捉蛇，我妈就是了。那天我陪我妈一起去。蛇是捉到了，但是，我在那个吓得面无人色的女人家里，竟然看到我男朋友和她的亲密照片。原来，他背着我有了第三者。"郁郁说。

"那岂不是捉蛇变成了捉奸？"蒂姝大声笑了起来。

"跟他分手之后，我想独力完成自己的梦想。只有梦想最真实。"郁郁说。

郁郁突然想起什么似的，问蒂姝：

"你上次借蛇，是用来干什么的？"

蒂姝慢条斯理地说："我跟一个客人提起我有一位家里开蛇店的同学，他说，他一直很想知道蛇爬在身上是什么感觉，假如我能够找一条蛇回来让他试试看，他会重重赏我！结果他真的给了我很多小费。那条蛇爬在他身上时，他很享受呢！一边呻吟一边尖叫。"

我和郁郁笑得肚子都痛了。

杜卫平这时走过来，问我们："你们笑什么？"

"笑男人的怪癖！"我说。

我看着我们四个，我有“面包树”，杜卫平有“渡渡厨房”，另外两个人，将来会有“郁郁甜品”和“蒂姝按摩院”，为梦想努力的，并不是只有我，我也并不是孤单零落的。

30

“我要拍电影了！”葛米儿在书店里向我宣布。

“是什么电影？”小哲问。小哲是葛米儿的忠实歌迷。

“是爱情片。我演一个有第六感的厨师。”葛米儿兴奋地说。

“这是你的第一部电影呢！”我说。

葛米儿噘起大嘴巴说：“真担心呀！”

“担心演得不好？”小哲问。

“我是担心第一次拍电影便拿到影后，以后再也没有奋斗目标了！”她笑得眼睛眯成一条缝。

“这部电影是说什么的？”我问。

“还不知道呀！公司昨天才跟我说，剧本好像还在写，明年开拍，应该是喜剧吧？”

我笑笑说："谁会找你演悲剧？"

她拉着大虫："大虫，你看电影和看书最多，可以帮我找一些参考资料吗？第一次当主角，我要努力！"

"当然没问题。有一部《芭比的盛宴》，主角便是女厨师。"大虫说。

葛米儿又捉住小哲说："小哲，你要教我做面包，说不定电影里要我做面包呢！要演得像，便要真的会做面包。"

我提醒她："为什么不找杜卫平呢？"

"哦，对！我差点忘记有个真的厨师在我身边！杜卫平呢？"

"他在餐厅。"我说。

"生意很好吧？今天是星期五。"

"才不呢。"我说，"附近新开了一家餐厅，卖的料理跟他们很相近，最近做了很多宣传，抢了不少生意。"

"杜卫平做的菜那么好吃，怎会输给人家呢？"

"对方花了很多钱装潢，地方也大好几倍。"小哲说。

"就是呀！假如有一家大书店开在旁边，我的书店无论如何也会受影响吧？"我说。

葛米儿眼珠子一转，说："我有办法！"

葛米儿也真是无话可说。有几天晚上,她突然在渡渡厨房出现,为客人唱了几支歌。她歌唱得那么好,又有名气,客人欢喜之余,回去之后自然会叫更多朋友来光顾。

杂志跟她做访问,想要知道她喜欢到哪家餐厅吃饭,她便把记者约到渡渡厨房,大力推荐那里的招牌菜式:快乐蘑菇和蟹酱意大利面。

快乐蘑菇是在一朵新鲜的大蘑菇里填满鸡肝酱和橄榄油炒过的番茄、芹菜、蒜头,是我最喜欢的一道菜。

蟹酱意大利面是用一只新鲜的螃蟹,把蟹黄取出。以橄榄油炒蒜头和红辣椒,蒜头炒至金黄色后,将切好的螃蟹带壳一起放进去,再淋上白酒去煮。最后加点芹菜、蛤仔汁和橄榄油,撒上盐和胡椒,然后放进已经煮好的宽面。上桌的时候,面条是放在蟹壳里的,每一口面,都充满螃蟹的鲜味。吃这道面,是人间一大幸福。

其中一次杂志的访问,葛米儿站在前面,手里捧着一盘刚做好的蟹酱意大利面,竖起大拇指,杜卫平站在后面,俯身收拾桌子。葛米儿本来是要跟杜卫平一起拍照的,杜卫平害羞,只肯背部上镜。灯光下,那张照片拍得很美。

那本杂志的读者很多，访问登出来之后，很多顾客来光顾，有些人甚至是为了老板那个神秘的背影而来的。

32

有了葛米儿这位宣传大使大力推广之后，渡渡厨房的生意果然好了起来，杜卫平说要请葛米儿吃饭。

"我打算做一道无花果鹅肝给她尝尝。"杜卫平告诉我。

"她不吃鹅的，不吃鹅的任何部分。"我说。

"为什么？"

我笑笑说："她养过一只会唱歌的鹅，名叫莫扎特，被她男朋友吃了。"

33

那天晚上，杜卫平做了樱桃酱烤乳鸽、波尔多红酒香菇小母鸡、羊肉千层酥、鱼子酱意大利面和青苹果奶油烘饼配青苹果冰激凌。我和葛米儿吃得津津有味。有那么一刻，我无法否认活着是一种幸福。

"谢谢你的帮忙。"杜卫平跟葛米儿说。

葛米儿一边吃青苹果冰激凌一边说：

"不用客气，你是程韵的好朋友嘛！当时全靠你收留她。"

"说得也是。"杜卫平点了点头。

"本来呢，是你收留我，后来却是我收留你。"我说。

"怎么会是你收留我？明明是你搬进来的。"

"你收留一个没地方住的女人，我可是收留一个女朋友不在身边的孤
单男人。"我说，"我用友情的温暖收留你。"

"你跟我一起住，总能吃到最美味的东西，我用食物的温暖收留你。"

"你生病的时候是谁给你煎药的？我用爱心的温暖收留你。"

"你是说那碗几乎毒死我的药？是谁经常帮你找拖鞋的？我用家的温
暖来收留你。"

葛米儿忽然说："总之你们互相收留！"

我和杜卫平相视而笑。

把碟子里的冰激凌吃光之后，葛米儿站起来，说："让我来为大家
唱歌。"

她走到客人中间，忘情地清唱起来。

我以为两个女人只要曾经爱上同一个男人，便一生都会互相比较和嫉妒，我和葛米儿竟然能够成为朋友。也许，因为我们爱的那个人已经永远离开了，留在世上的两个女人，变成互相依存，甚至分享着一些邈远的回忆，没有比这更复杂而又单纯的友情了。

34

"可惜！可惜！太可惜！"我故意在杜卫平面前说。

"什么事？"他抬起头问我。他正在写渡渡厨房的秋季菜单。

我扬扬手上的书，说：

"这道菜看起来很好吃呢！但是，很难做啊！"

"是什么菜？"

"鱼香茄子。"

"鱼香茄子有什么难？"他一副不以为然的样子。

"是《红楼梦》里的鱼香茄子呢！书上说，要把茄子的皮和瓤去尽，只要瓜肉，切成头发一样的细丝，晒干了，然后用老母鸡熬的汤把茄子蒸熟，再九蒸九晒……"

他听得头大如斗。

我说："很复杂吧？所以呢，我看你是不会做的了。"

在我这样说了之后，通常过了几天，杜卫平便会端出我说过的菜，然后，轻轻松松地问我：

"你说的是不是这道菜？"

西餐是难不倒他的，所以，我会说中国菜，尤其是书上写的那些。我的激将法每次都很管用，我想吃什么，几乎都可以吃到。中国文学里的菜式，我已吃过很多了。跟厨子住在一起，果然是幸福的。有时候，我也会有点内疚，骗他做菜给我吃，不就像我小时候欺负他那样吗？但他也好像乐于被我欺负。他的确是用食物的温暖收留了我。

35

星期天，杜卫平起了个大早，准备出门。

"这么早便出去？"我问。

"嗯。"他匆匆提着一个小包包出去了。

流浪的 面包树

渡渡厨房逢星期天上午是休息的，杜卫平这阵子却很不寻常地每个星期天都出去，而且，他近来跟我要了很多爱情小说，我却从来没见他读。难道他认识了别的女孩子，爱情小说也是送给那个女孩子的？

　　曾经有一天，我试探他：

　　"你会背着漾山爱上其他女孩子吗？"

　　"你以为我是什么人？"他一副认为我太不了解他的样子。

　　可是，后来有一天，他帮我更换鱼缸水的时候，我问他：

　　"你认为爱情什么时候最美好？"

　　"开始的时候。"他说。

　　"是的，患得患失的时候最甜蜜。"我说。

　　"点菜的时候，净叫前菜，没有人用奇怪的眼光看你，很多注重身材的女孩子在我的餐厅里都是这样，点很多前菜，不吃主菜。这种吃饭的方式，甚至成为潮流。"他说。

　　"你也想跟潮流吗？"

　　"这样也不错，可以尝到不同的口味，又不会吃得太多。"他古灵精怪地说。

36

碰上下雨的星期天，杜卫平依然大清早提着一个小包包出去，回来的时候两手空空。即使前一天下班回到家已经很晚了，星期天早上，他还是睡眼惺忪地起床，换了衣服匆匆出去。

一个星期天，杜卫平又是大清早起来，提着一个小包包出去。

"我出去了。"他说。

"嗯。"我假装喂鱼。

他出去之后，我抓起早已放在一旁的背包跟踪他。

杜卫平走进地铁站，登上一趟开往九龙的列车。

清晨的车厢，只有零零星星的几个乘客，我带了一本书做掩护，跟他隔着一段距离。他全程都在专心看书，没有留意身边的人。

当我仔细偷看他的时候，发现我们带的竟是同一本书：彼得·梅尔的《普罗旺斯的一年》。假如他偶尔抬起头，看到不远处有一个女人也在看《普罗旺斯的一年》，他一定会注意起来吧？我唯有把书收到背包里，把背包抱在胸前，头埋在背包后面。

37

列车停妥，杜卫平走出月台，在车站的小吃店买了一瓶矿泉水。

从地铁站出来，他上了一辆计程车，我也跳上了后面一辆车。

车子向西贡方向驶去，走了一段山路，在一座监狱前面停下。监狱外面已经聚集了一堆人，有老人家，也有年轻人和小孩子，每个人都拿着大包小包，有秩序地排成一列队伍。杜卫平下了车，跟在那列队伍后面。

他拧开了矿泉水的瓶盖，喝了一口，一边抹汗一边东张西望，我躲在一棵树后面，不让他发现。

这个时候，监狱的两个守卫打开大门，让排队的人进去，并一一为他们登记。

杜卫平每个星期便是来监狱吗？他要探什么人？

38

那天晚上，杜卫平回家的时候，我装作若无其事地喂鱼。

"你回来啦？有没有看到我的拖鞋？"

"你比我先回家，竟然问我？"

"我就是找不到。"

"我今天早上出去的时候，你是穿着运动鞋的，拖鞋可能留在房间里。"他说。

他竟然留意到我早上穿了什么鞋子？

"是吗？我去找找。"我放下饲料，朝自己的房间走去。

"你今天为什么跟踪我？"

原来被他发现了！

"我只是关心你。"理亏的时候，只好更加理直气壮。

"那你为什么不问我去哪里？"

"每个人都有秘密的。"

"那你便不该跟踪我，你分明是想窥探我的秘密。"

"我跟踪你是我的秘密。"我说。

"那我岂不是揭穿了你的秘密？"他没好气地说。

"就是啊！既然你已经知道我的秘密，你也该把你的秘密告诉我。你有朋友坐牢吗？"

"是我以前的女朋友。"他说。

我吃了一惊："她为什么会坐牢？"

"她在酒吧里把情敌的一头金发剪掉，然后把剪下来的碎发塞进对方嘴里，那个人原来自小患有哮喘病，那些碎发几乎要了她的命。因为已经有打架的前科，所以这一次要坐牢。"

"她到底是什么人？这么可怕！"

"其实她是个很善良的女孩子，因为从小缺乏家庭温暖，又结识了一些坏朋友，所以性格很叛逆。"他忽然笑了，"我好像专挑麻烦的女人爱上。"

"麻烦的女人比较有挑战性嘛！"我说。

"她的家人是不会去看她的，她也没有什么朋友。"他说。

"那些爱情小说，也是带去给她看的吗？"

"是的，让她在里面消磨时间。"

"我再拿一些给你下星期带去。"

"不用了，她下星期便出狱。"

"你对她还是念念不忘吗？"

"我只是尽旧情人的义务，谁都会这样做吧？"他说。

"你也在看《普罗旺斯的一年》吗？"我问。

他点点头："真想去普罗旺斯。"

普罗旺斯是法国南部的一个小镇，英国名作家彼得·梅尔，放弃了如日中天的事业，跟太太移居到那儿，《普罗旺斯的一年》便是作者记载他在普罗旺斯的乡居生活。在这个小乡镇上，吃是人生大事。采葡萄、买松露、找橄榄油，都趣味盎然。这种平静的生活，有点归园田居的味道，所幸吃的不是清茶淡饭，这才教人向往。

"我也想去呢！"我说，"想吃彼得·梅尔说的肥鹅肝、奶油龙虾、脆饼羊肉、野蘑菇、甜瓜、松露……"

"有那么多新鲜的食材，做出来的菜一定好吃。"杜卫平说。

"那儿的房子都有壁炉呢！一家人可以围着壁炉取暖和聊天。很想有一个壁炉！"我向往地说。

"我最想在那里种葡萄，收成之后，酿自己的酒。"杜卫平说。

"自己酿的酒，可以自己命名呢。你酿的第一瓶酒，要叫'面包树'。"

"好的。"他说。

"真想去啊！"

"有机会我们一起去吧。"他朝我微笑。

"嗯。漾山住在西班牙，到时候可以跟她会合。"我说。

"夏天去会比较好，冬天很冷。不过，冬天又有夏天吃不到的美食。现在是十二月，普罗旺斯的生蚝、蘑菇和鹅肝最肥美。"他说。

已经十二月了吗？这一年，真是时光飞逝。

40

虽然已经是十二月，香港的天气还是像秋天一样温暖。邮差送来了一个包裹，是朱迪之从英国寄来给我的，包裹里有两条杏色 Burberrys（博柏利）喀什米尔羊毛围巾。

程韵：

　　这两条围巾，是送给你和杜卫平的，祝你们圣诞快乐。在英国买这个品牌比香港便宜很多，不用为我的荷包操心。

　　常听你说杜卫平的餐厅很漂亮，你们要戴上这条围巾在餐厅外面照一张相片寄来给我看看啊！

这个圣诞和新年，我会跟我的室友到德国玩。末代王孙有

朋友住在德国，可以当我们的向导。

你呢？今年的除夕，你会怎样过？

迪之

我的除夕要怎么过呢？我并没有去想。从前的除夕，总是跟别人不

一样；今后的除夕，也会跟从前不一样了。

41

大虫生日的那天，我和小哲请他到渡渡厨房吃晚饭。

大虫二十五岁了。

"希望快点三十岁，看起来不再像毛头小子。"大虫说。

男人总是希望老一点，女人却希望永远年轻。我也有过二十五岁。

青春总是容许错误、任性和荒唐。谁不愿永远年轻？只有智慧增长。

我问大虫："你有什么愿望？"

大虫腼腆地笑了笑："就是希望老一点。"

"这个愿望是必定会实现的。"小哲说。

"你还没告诉我你当时为什么会跑去学小提琴。"我说。

"你呢？"他问。

"因为喜欢的人送了一把小提琴给我，其实，我也只是想学一支歌，一支歌便够了。"我说。

"就是嘛！为什么学乐器总是要从头学起？他们难道不知道有些人只想学一支歌吗？我也不过想学一支歌。"大虫说。

"只想学一支歌的话，钢琴比较容易一点，小提琴几乎是最糟的选择。"小哲笑着说。

"那时跟我在一起的人，觉得我很吊儿郎当，从不正正经经做一件事情。"大虫说。

"所以你选择了小提琴？"我说。

"因为拉小提琴看起来太难了。我答应半年之内能够用小提琴拉一支歌。"

"你做到没有？"小哲问。

"还不到半年，我们便分手了，但我还是继续学，也终于可以拉一支歌，虽然那支歌只有三分钟的长度。"大虫说。

"她已经没机会听到了？"我问。

大虫感伤地笑笑："那天刚好是除夕，我爬上屋顶，一个人在那里拉小提琴。其实我很感谢那个人，我从来没有好好地学过一样东西，除了那一次。"

"你还记得那支歌怎么拉吗？"

"不行了，那时候是很机械地勉强记住。"大虫说。

"能为一个承诺努力，也是幸福的。"我说。

大虫重重地点头："只有年轻的时候才会这么傻。"

小哲忽然说："我也曾经用钢琴学过一支歌，他是钢琴八级，我答应了送一份新年礼物给他，于是偷偷去学。两年前的除夕，当我坐在钢琴前面弹起那首歌，他感动得哭了，他没想过我会弹钢琴，虽然我弹的只是《友谊万岁》。"

他偏着头，十根手指头在餐桌上无声地弹起他记忆中的琴。

"除夕是个惹人伤感的日子。"大虫说。

我也有过最深情的承诺，总是在除夕。今天，我只希望除夕不要来。

跟心爱的男人用卷尺量度一个衣橱的大小，挑一盏灯，

甚至只是挑选一块漂亮的窗帘布，

竟是我此刻最向往的幸福。

第 二 章

爱情的
琐碎

流 浪 的 面 包 树

1

踏入十二月，书店的那条小街，已经由附近的商家布置起来了。路灯上挂着闪亮的灯泡，路边摆着一盆盆盛开的圣诞红，有些咖啡店开始播放圣诞歌，路上的行人好像也愈来愈多，每个人都投进节日的热闹里。一年之中，仿佛只有这段日子才是过节，其他的都不算数。

一天早上，两个工人扛着一棵足足有六英尺[1]高的圣诞树到书店来。

---

[1]　1 英尺约等于 0.3048 米。

"我没有买圣诞树，你们会不会弄错了？"我说。

"已经有人付过钱了，说是送到这里来的，这里是面包树书店吧？"工人说。

"小哲，是你买的吗？"我问。

"没有呀！"小哲看到圣诞树，雀跃地说，"好漂亮啊！我一直梦想有一棵真的圣诞树。"

工人放下圣诞树走了。我和小哲合力把圣诞树搬到阳台上。

"明天我要把这棵树布置得漂漂亮亮。"小哲兴奋地说。

圣诞树到底是谁送来的呢？

小哲问过大虫，大虫说不是他。

是葛米儿吗？葛米儿在马来西亚云顶高原登台，不可能是她。况且，她这个人什么也藏不住，假如是她送的，她一定会忍不住告诉我。

"这是书店有史以来的第一棵圣诞树呢！"小哲看着那棵树说。

2

午饭后，我踱步到渡渡厨房。当我推开餐厅的大门时，我看到餐厅里面放着一棵圣诞树，就跟我的那棵一样，树上什么饰物也没有。杜卫平跟同事们站在圣诞树旁边，讨论着怎样布置。

我恍然明白了。

杜卫平转身，看到了我。

"嘿，你来了？"他轻声说。

"谢谢你的圣诞树。"我说。

他笑笑问："你是怎么猜到的？"

"本来也在猜，现在看到这棵树，就明白了。"

"今年的圣诞树特别漂亮，所以我去买的时候，也买了一棵给你。你都不布置圣诞节。"他脸上闪着光，好像我是那么理所当然地应该拥有一棵漂亮的圣诞树。

"圣诞和除夕的生意好吗？"我问。

"已经全满了。"

"那不是很好吗？"

"蒂姝也订了除夕的位子，说是跟按摩院的同事来庆祝新年。"

"看来你很快就可以存到去普罗旺斯的旅费了。"

"可是还没有假期呢。"他耸耸肩。

"你会怎么布置你的圣诞树？"

"会挂些彩球和音乐灯泡。"

"会在树顶挂一颗星星吗？"

"应该会的。"

"到时候可以让我挂吗？"

"可以。"他回答，"但是，为什么？"

"我就是喜欢挂上最后一颗星星。"我说。

3

那天，渡渡厨房的圣诞树已经布置得精妙绝伦了。地上堆着礼物，树上挂满彩球，树身上绕了好几圈的七彩灯泡在唱着圣诞歌。杜卫平把星星交给我，说：

"你来挂。"

我爬上梯子。我一直向往这个动作，甚至渴望能够为世上每一棵圣诞树挂上星星。总是相信，要是能够在树顶挂上最后一颗闪耀的银星，便会遇到幸福的事情。

当我把星星挂好，回过头来的时候，我看到杜卫平站在下面，双手放在身后，微笑地望着我。一瞬间，他那双熟悉而又亲近的眼眸，灿灿亮亮，如同天上的繁星。在我俯瞰的短短片刻，才发现，下面有一张脸，一张亲厚的脸，并没有离开，而是一直看着我完成这个幸福的动作。我想说一声感谢，可是眼睛已经禁不住泛着泪光了。

"你站在上面干什么？快下来。"他唤我。

我从梯子上下来，没让他看到我的泪水。

他从身后拿出一个红色小盒子，上面绑着一个美丽的蝴蝶结。

"圣诞快乐！"

"什么东西？"

"拆开来看看。"他神神秘秘地说。

我解开蝴蝶结，打开盒子，盒子里放着一个陶土制的摇铃，摇铃是砖红色的，外表漆上很精致的图案，有公鸡、飞鸟和鱼。我拿在手上，在耳边摇了两下，摇铃发出清脆的叮当声。

"这是外国人用来唤人吃饭的摇铃。"杜卫平说。

"有点像我们念小学时，校工用来提醒大家下课的摇铃，但是漂亮多了。"我说。

"哦，我记得！"他想起来了，笑着说，"那个女校工长得很胖。"

那个时候，每当学校的闹钟坏了，那个胖胖的中年女校工便会拿着一个铜质的摇铃在走廊上当啷地摇。小小的一个摇铃，声音却可以传遍校园里每一个角落。园丁养在宿舍里的一只公鸡也会跟着铃声啼叫，忘记自己的责任是在早晨啼叫。老师常常说，那是一只神经错乱的公鸡，我倒觉得它是一只感性的公鸡，每一次都努力回答铃声的呼唤，即使天已经黑了。

"干吗送个摇铃给我？"我问杜卫平。

"以后你想吃东西，可以摇铃。"他咯咯地笑。

"那我会常常摇的。"

"第一眼看到这个摇铃便觉得很漂亮，买回来之后，才发现原来是西班牙制造的。"他说。

"漾山在西班牙，你在香港，无意中也买了西班牙的摇铃，你们真是心灵相通！"

他腼腆地笑笑。

"几公里之外，能够听到铃声吗？"我问。

"不可能吧？"他摇摇头。

我想象在圣诞树顶挂上星星之后，便会遇到幸福的事情。结果，我收到一个漂亮的摇铃，果然是应验了。我把摇铃放在外衣的口袋里，跟杜卫平说：

"我回书店啦。那棵圣诞树上的星星等着我去挂呢。"

"我这个除夕会很忙，你呢？"

"我也很忙。"我说。

离开渡渡厨房，回去书店的那段路上，我每走一步，口袋里的摇铃都会轻轻地响。我想起人们说的蝴蝶效应：混沌理论说，亚洲的一只蝴蝶拍动翅膀，几个月后会在大西洋造成飓风。当我的摇铃当啷当啷地响，南太平洋上，会不会有一只感性的公鸡随着铃声啼叫，尽管已是黑夜？

4

除夕晚上，天气骤然变冷，一直下着细雨。我穿了一件黑色高领毛衣，站在阳台上看风景。

"我走啰！"小哲说。

小哲今天穿得特别醒目，卡其色连帽夹克配一条磨得发亮的古董牛仔裤。他和"八级钢琴"去参加派对。

"你要不要来参加我们的派对？"他体贴地问。

我摇了摇头。

"我们的朋友之中，也有喜欢女人的。"他说。

我笑了："今天晚上，我不打算去碰运气。"

"那好吧！新年快乐。"小哲跟我说。

"新年快乐。"我说。

我把书店的灯关掉，只留下圣诞树上的灯泡，在夜色中闪烁，没那么寂寥。

5

走过繁嚣与宁静的街道，我看到自己短小的影子斜斜地投射在地上，我赶紧加快脚步，使自己不至于流落街头。从书店走路回家，平常要二十分钟。跟杜卫平一起走，两个人聊天，时间好像过得很快，其实是走慢了。今天，我好像走得特别快，我要回去看我的鱼。假如鱼也有时间，也了解光阴的流逝，它们是否同样会在今夜想念我，如同我想念它们？

我拧亮了灯，踢掉脚上的球鞋，抖落身上的雨丝，拿着饲料走到鱼缸前面，喂我的蓝魔鬼鱼。它们游向饲料撒落的地方，满足地张开嘴巴。一瞬间，我突然明白，鱼只有内在的生理时钟，而不知道外在的光阴。日月迁移，对它们是毫无影响的。鱼并没有爱与回忆，也没有相聚和诀别。

可我不是鱼，我怎么知道呢？

我宁愿相信，它们是有感知的。

据说，人的感觉神经之中，最后消失的，是听觉。眼睛睁不开了，嗅觉失灵了，舌头再也尝不出五味，只有听觉留着。呼吸和心跳都停止了，听到亲人在耳边的呼唤，竟然会淌泪。

假如是这样，对一个写歌写词的人而言，是多么幸福！他最后听到的，是海浪的声音，也许还有回忆里的歌声。

在那遥远的国度，今夜他会否为我放歌？放一阕除夕之歌。

6

我把灯关掉，坐在窗边那把扶手椅里，抱着膝头，看街上的风景。挂满霓虹灯饰的对岸，有些茫茫。

那一年，当布列塔尼夜空上最后一朵烟花坠落，我以为我的人生也完了。

今天所过的人生，是我完全没有梦想过的。原来，人可以度过最无望的日子，抖落身上的灰雨，重披一身星光。

只是，当某些特别的日子降临，呼唤着记忆里甜美和沉痛的部分，人还是会感到苍茫和孤单。

7

不消一刻，便是新年了，我无意识地摇着手里的摇铃，忽然间，门打开了，杜卫平几乎是和外面庆祝新年降临的汽车喇叭声同时冲进来的。

他手上提着一个包包，喘着气说：

"幸好赶得上！"

我诧异地望着他。他为什么好像听到了摇铃的呼唤？

"新年快乐！"他微笑着说。

"你为什么会跑回来？"我眼里泛着泪水。

"怕你一个人躲起来伤感。"他了解地说。

我微笑着跟他说："新年快乐。"

他很体贴地假装没看见我的泪水，把那个包包放在桌上打开。

"我带了火鸡回来给你吃，还有香槟！"他从那个包包里拿出一瓶冰镇过的香槟。

我皱起眉头咕哝："火鸡不好吃。"

他没好气地说："你不要太挑剔，有火鸡已经很好了。餐厅的食物几乎都被客人吃光了，这只火鸡是我预先留下的。"

"餐厅已经打烊了吗？"

"还有很多客人，我只是拿火鸡回来给你吃，待会儿便要回去。你看！"他扬了扬手上火鸡的腿。

那只火鸡的腿比我的大腿还要大，谁被它打中，铁定会重伤。

我们吃火鸡，喝香槟，我有点醉了。杜卫平忽然站起来，拍拍屁股，搓揉双手，笑吟吟地说：

"要不要看新年的余兴表演？"

"你？"

他点点头。

"你要表演什么？"

他拿来藤条和碟子。

我憋住笑："你要表演转碟子？算了吧！你已经摔破了很多碟子。"

他举起两根藤条，吩咐我：

"把碟子放上来。"

我只好依他的。

碟子放好之后，他深呼一口气，然后耍出在半空旋转碟子的杂技来，那两个碟子居然没有掉下来。

我为他热烈地鼓掌。

"怎么样？"他吊高眼梢问我。

"我以为你已经放弃了，原来偷偷练习。"

"我不会那么容易放弃的。现在有没有职业水准？"

"好得简直可以跟狮子一起关在马戏团里。"

他抛开手上的藤条，接住了掉下来的碟子，懒洋洋地说："我已经是了！不过，那头狮子很笨，常常找不到自己的拖鞋。"

"万兽之王才没空理会这些生活小细节。"我说。

他收起藤条，看看手表，说："我现在要回去餐厅了。"

"火鸡很好吃。"我指指桌上那只火鸡的残骸。

"你刚才不是说火鸡不好吃吗？"

"但是这个不一样，可能这只火鸡是从毛里求斯岛来的，是吃渡渡树的果子长大的。"我跟他干杯。

他咯咯地笑了，把杯里的酒喝光。

"谢谢你回来跟我过新年。"我感激地说。

"我们八岁就认识了，别那么见外。"

"早知道你这么感人肺腑，我从前便不该常常欺负你。"

"不，我很怀念那些日子。"他笑笑说。

"我也是。"我朝他微笑。

"早点睡吧，你喜欢吃火鸡，我明天再带来给你。"说完这句话，他的耳根陡然红了起来。

一瞬间，气氛好像有点怪怪的。我避开了他的目光，他也避开了我的。电话铃声这个时候响起，为我们解了围。

"一定是漾山打来跟你说新年快乐了！"我笑笑说。

杜卫平拿起话筒，说了两句，捂着话筒跟我说：

"是漾山。"

"帮我跟她说新年快乐！"我说。

醉醺醺的我，溜到床上去。

8

半夜醒来，我发现客厅的灯还是亮着的。杜卫平直挺挺地坐在电话旁边，他的藤条放在身边，鞋子也放在原来的位置，好像没出去过。

我走到他身边，发现他脸色苍白。

"你没有出去吗？"我问。

他疲倦地站起来，回去自己的卧室，把门关上。

9

第二天早上，我看到他的时候，他双眼布满血丝，似乎是彻夜没睡。

"你没事吧？"我关心地问。

他摇了摇头，出去了。

接下来的一个星期，我和杜卫平每天只是互道"早安"和"晚安"。其余的时间，他也是闭起嘴巴不说话，脸色是灰的。回家之后，他总是关起门，躲在自己的房间里。

同住一室的我们，一向有一个默契：任何一方心情不好，不想说话的时候，都有保持沉默的权利。

虽然怀念他的笑声，我也只能尊重他的沉默。

我在自己卧室的门上，贴上一张纸，上面写着：

聆听心事服务

二十四小时开放

费用全免

绝对保密

可是，他一次也没有敲过我的门。

10

这样又过了一星期。一天，我回家的时候，杜卫平把一张明信片递
到我面前。

"你的！"他的声音有点颤抖，脸色难看极了。

明信片是朱迪之从德国寄来的，明信片上面的风景，是一座温泉。

程韵：

你的除夕和新年过得好吗？昨天，我们去了法兰克福近郊一个叫 Bad Homberg 的地方泡温泉，真是太精彩了！这个温泉是仿古代罗马浴场建成的。德国是男女同浴，比英国不知开放多少。浴场上，不论男女都是光着身子走来走去。大家光着身子喝啤酒，光着身子跟朋友聊天，甚至光着身子跟朋友的老婆一起洗蒸汽浴。所以，我也看到很多名副其实的"法兰克福肠"，连末代王孙的那个都看了。你不得不承认，外国男人的确是比中国男人优秀很多。看过那么多白人之后，我们三个女人都很想看看黑人是怎样的，末代王孙也很想看看。你知啰，听说黑人……果然被我们看到一个六英尺高的黑人……哦……我们几乎昏了过去！黑人才真的是上帝拣选的子民！有机会，你一定要看看！

迪之

迪之真是的！这些事也写在明信片上，邮差看到了，还以为我是女色魔呢。

"你们女人，"杜卫平顿了顿，生气地说，"真的那么喜欢黑人吗？"

"起码我不是。"我说。

黑人？一瞬间，我明白了。

"漾山告诉我，圣诞节的那天，她跟隔壁的黑人上床了。"杜卫平痛苦地说。

朱迪之的明信片来得太不是时候了。

"她怎么说？"我战战兢兢地问。

"她说她太寂寞了，她爱我。"杜卫平的样子憔悴极了。

停了好久之后，他说：

"她已经搬出那套公寓。"

"那她是决定以后不见那个人吧？我知道很难受，但是，起码她对你坦白，换作我，我想我没勇气说出来。"

他惨笑："我宁愿她不告诉我。"

"因为那人是个黑人？"

他愤怒地说："什么颜色我也不能接受，红、黄、蓝、白、黑都不可以！"

"你们会分手吗？"

"我不知道。"他茫然地说。

流浪的 面包树

"爱一个人，便意味着接受他，接受他的软弱。"我说。

他伤心地说："我不了解。不了解，怎么能够接受？"

他沮丧地回去自己的卧室，把门关上。

对于被背叛，我比他有经验，我知道那是多么痛苦。可是，后来你会明白，这是人生。

11

葛米儿的菲佣来开门的时候，那只黄金猎犬兴奋地跳到我身上。它的两只前爪踩在我的肩膀上，像舔一支冰棒那样，不停地舔我。我身上露出来的部位，都挂满了它的口水。

这只混种黄金猎犬是葛米儿的菲佣上班时带来的，这是她肯来工作的附带条件，主人要接受她的狗。而葛米儿唯一的条件，便是要叫它"贝多芬"，用来纪念她早逝的爱鹅"莫扎特"。

这只原名叫"标标"的黄金猎犬，适应了很长一段时间，才能够接受自己已经变成"贝多芬"的事实。

"嘿！你来啦！"葛米儿把贝多芬从我身上拉开。

葛米儿的脸和脖子红通通的，好像在一池红色染料里泡过似的。

"你的脸为什么这么红？"我问。

"我昨天拍一个红萝卜汁广告，总共喝了几公升的红萝卜汁。本来导演说不用每次真的喝，但是，我觉得要真的喝下去才能做出很喜欢红萝卜汁的表情。结果，拍完之后，整个人变成这样。医生说，我一下子吸收太多胡萝卜素，过几天褪了色便没事。"她嘟起大嘴巴说。

我咯咯地笑了："你也用不着这么拼命吧！"

我在沙发上坐下，贝多芬马上跳到我的大腿上，望望我，然后很乖巧地低垂着头。我知道它想要什么，它希望我帮它按摩。我按摩它的耳朵，它看起来很享受的样子。

"杜卫平有什么事？"葛米儿问我。

"他跟女朋友之间有点问题。"

"在西班牙的那个？"

"嗯。"

"假如不开心有十级，他现在是第几级？"

我想了想："是九点九级吧！"

葛米儿跳了起来："那很严重啊！你怎么可以把他一个人丢在家里？"

"我不知道怎样安慰他，唯有走开一下，让他一个人躲起来舔伤口。"我说。

在我的字典里，可以用来安慰别人的词，实在太有限了。

"我去安慰他！"葛米儿一边说一边穿好衣服，贝多芬跟在她身后团团转。

"你现在就去？"

"对了，还要带道具！"

"贝多芬？"

"才不是它！它只会流口水。"

葛米儿把花瓶里的一大束郁金香抓起来，说："是这个，见面礼！"

她一溜烟地跑出去了，我叫也叫不住。

12

贝多芬睡在我床边，肚子朝天，发出梦呓。葛米儿已经去了很久，她不打算回来吗？一个伤心的男人跟一个跑去安慰他的女人会做些什么？我把贝多芬抱到床上，揽着它睡。

13

第二天一大早，我回家去。

门打开了，我看见葛米儿蜷缩在沙发上，身上披着毛毯，呼呼大睡。那束郁金香放在花瓶里。

杜卫平在厨房里喝咖啡。

"她为什么会睡在这里？"我问。

"她昨天晚上跑来，不停地为我唱励志歌。你知道，我不看任何励志书，也不爱听励志歌。"

"是的，你都不喜欢看《心灵鸡汤》。"我说。

"然后，她开始唱一些很惨的情歌。我实在太困了，便溜进去睡觉。今天早上起来，看见她睡在这里。"杜卫平说。

我望望杜卫平，说："谁说那些励志歌没有用？起码，你的心情看来好了一些。"

"哦，是的，谢谢你们。"他憔悴地笑笑，然后问，"为什么她整个人好像染了色？"

我笑了笑："她喝了太多红萝卜汁，过几天便会褪色。"

"我上班了，要一起走吗？"他问。

"好的。"

"我已经帮你喂了鱼。"他说。

葛米儿的歌声填补了字典的空白。最能安慰人心的，也许并不是言语，而是一首歌。和音乐相比，文字便显得太寒碜了。肯去看书的人，才会得到慰藉，我们可以闭上眼睛，却无法把耳朵收起来。

听觉要消失在最后，也许是要听人间的绝唱。

14

"为什么你不爱看《心灵鸡汤》？"在路上，我问杜卫平。

他笑笑说："我受不了那种像罐头汤一样的温情。你喜欢吗？"

我笑了笑："我也不喜欢，真实的人生要复杂多了。"

停了一会儿，我问他：

"你已经想通了吗？"

"你说得对，假如对方不是黑人，我也许没那么愤怒，我的男性尊严受到了践踏。"

"把尊严放在爱情之上，你是个值得欣赏的人。可是，把男性尊严放在爱情之上，你便是个大男人了。"我说。

他张着嘴巴，诧异地望着我。

"我说的是实话。"我说，"为什么男人的背叛总是比较能够获得原谅？"

"我并不大男人。"他说。

"我知道。可是，再不大男人的男人，到了某些节骨眼，还是会很大男人。"

他咧嘴笑了。

"原谅她吧。笛卡儿说的，人的软弱应该受到上帝的怜悯与了解，任何有生命的人，都不应该鄙视爱的俗世欢乐。"

"你比葛米儿更会安慰别人。"他疲倦地微笑。

"我只是不希望你后悔。"我说，"我好像一辈子都在原谅一个人。当我决定不再原谅他，他却永远消失了，后悔也来不及。"

"我已经原谅她了。"

"真的？"

"嗯，今天早上跟她通过电话。"

"那不是很好吗？"

"你说的，爱便意味着接受。"

"是的，即使无法了解，也能够学习去接受，接受对方与自己的差异。"我说。

"今天晚上想吃什么？"他忽然问。

"你肯下厨吗？太好了！自从那只火鸡之后，我已经很久没吃过好东西了。我想吃快乐蘑菇、鹅肝，还要鱼子酱！"

"好奢侈呀！你的房门上，不是写着什么'费用全免，绝对保密'吗？"

"是'费用全免'，没说饮食全免。"

他咯咯地笑了，那张熟悉的笑脸又回来了。

15

隔天，葛米儿和我在渡渡厨房吃中饭的时候，她的皮肤已经褪色了，不再是一根会走路的红萝卜。

杜卫平特别为我们做了一盘蟹酱意大利面。

杜卫平进了厨房之后，葛米儿从背包里拿出一顶粉红色的厨师帽来。

"可爱吗？"她咧开大嘴巴说。

那顶高高的粉红色厨师帽上面印着一只灰色鸭子，鸭子的塑胶黄色嘴巴却是立体的。葛米儿把帽子戴在头上。

"好可爱哦！"我说。

"我买来送给他的！"她眨眨眼睛，然后问我，"他会喜欢吗？"

"帽子？"

"我是说我。"她压低声音说。

我着实吓了一跳。

"他刚刚跟女朋友和好如初。"我说。

"他们早晚会分手的。南极的企鹅怎么可能跟亚洲的大熊猫相爱呢？"她把头上的帽子摘下来。

"什么意思？"

"我是说，隔着这么遥远的距离，怎么可能呢？"

"你是想做人家的中途站吗？"

"我只是想挂号。"

"挂号？"

"看医生也要挂号吧？我挂了号，当他和女朋友分手，便轮到我了。"

"万一他们不分手呢？"

"那么，挂号也没损失呀！"

"你是什么时候开始喜欢他的？"

"就是那天晚上啊！我安慰他的时候，他低着头，一句话也不说，样子很忧郁。原来他忧郁的时候是这么迷人的！我喜欢忧郁的男人。"

"你不是说只谈快乐的恋爱吗？"

"我喜欢跟忧郁的男人谈快乐的恋爱。"她修正。

"我跟他住了这么久，可没发觉他忧郁呢。"

"他迷人的地方还包括他做的菜。"葛米儿一边吃着螃蟹脚一边说，"我希望每天工作回家之后有一个男人已经预备了一盘美味的食物等我。"

"那你可以找一个菲律宾男佣。"

"不一样的。自己喜欢的男人做出来的菜，才有爱的味道，可以忘记所有疲倦。"

当杜卫平从厨房出来，走到我们跟前，葛米儿连忙站起来，把那顶厨师帽交给他。

"送给你的。"她的脸羞得通红，说，"你戴起来看看。"

原来她也会脸红的。

"喜欢吗？"葛米儿问杜卫平。

杜卫平戴上那顶厨师帽，表情尴尬。他一向很少用这么鲜艳的颜色。

"很漂亮。谢谢你。"他客气地说。

"煎鸭肝的时候戴这顶帽子最合适不过了。"我笑笑说。

杜卫平粲然地笑了："是的！"

他把帽子摘下来，问："你们还要面吗？"

"今天够了，我明天再来吃。"葛米儿说。

"那我进去看看有什么甜品。"

杜卫平走开之后，葛米儿连忙问我：

"他看起来喜欢那顶帽子吗？"

"对他来说，好像太娇俏了。"

"是吗？我觉得跟他很配。"

"你明天还要来吗？你也不用天天来挂号吧？"

"我也没办法天天来，下星期便要开始为演唱会练习了，要跑步练肺活量、练歌，演唱会之后要拍电影，我根本没时间谈恋爱，很寂寞啊！"她可怜兮兮地说。

"他不适合你的。"我说。

葛米儿忽然定定地望着我，说：

"你不是也喜欢他吧？你好像不喜欢我喜欢他。"

"我要是喜欢他，早就已经喜欢他了。"我说。

"可能是我告诉你我喜欢他，你才发觉自己也喜欢他。"

"你喜欢他，便觉得所有女人都喜欢他。"我说。

"假如你喜欢他，我便不跟你争。"她扬了扬眉毛。

"我怎么跟你争呢？你是名歌星。"我赌气地说。

"但是，你跟他住在一块。"她酸溜溜地说。

"你也要搬来住吗？"

"那也不用。"她咂着嘴巴。

"我不喜欢跟人争的。以前没有争过，以后也不会。"

"那么，他是我的了。"

"你现在只是挂号。"

"但你没有挂号。"

"我从来不挂号的，我不会再爱上忧郁的男人。"

"那便一言为定了。"她喜滋滋地说。

我低着头吃蟹脚，觉得好像被葛米儿冒犯了。我不该怪她，她只是想确定我们是否喜欢同一个男人。我们是曾经喜欢同一个男人的，这也许是我嫉妒的原因吧。可是，我仍然坚持，杜卫平是不喜欢那顶帽子的，他戴上帽子的时候，表情很不自然。我了解他。

16

"那天你离开我家的时候，贝多芬有没有拉着你不放？"葛米儿突然问我。

我笑了起来："它又不是人，怎会拉住我不放？"

"那就奇怪了，最近我每次外出，它都依依不舍地咬着我的衣服不放，神情让人好心软。今天，我的裤脚全都是它的口水，好辛苦才能把它拉开呢！"

"它会不会得了分离焦虑症？我看过一本饲养宠物的书，原来狗也有分离焦虑症。"我说。

"你是说它舍不得和我分开？"

"嗯。每当主人外出，狗便会感到恐惧和不安，甚至感到自己跌入无底的深渊。它们最受不起分离的打击。"

"但它以前不是这样的。"

"可能它长大了，它爱上你了。"我笑着说。

"我以为只有人才会得分离焦虑症呢！"

"我也以为是。"

"那有什么办法？"

"试试临走前给它一点美味的食物吧，美食可以使它暂时忘记思念的痛苦。"

"如果这个方法行不通呢？"

"不要每次外出就好像要跟它生离死别似的。"

"我没有啊！"

"或者你可以放点贝多芬的音乐给它听，分散它的注意力。但是千万别放你自己的唱片，那样它会更舍不得你。"

"如果这个方法也不行呢？"

"那么你可以打电话回家跟它聊天，让它没那么孤单。"

"这也是个办法。"她点点头。

"还有，专家说，主人可以试试打开门出去之后，马上又回来，这样重复做二十次，它习惯了，便懒得理你。"

"什么？二十次？"

"或许三十次！"

"离别是没的练习的。"葛米儿说。

是的，人生的乍然离别，常常杀我们一个措手不及。有谁能够为离别练习呢？倘若可以练习，便不会有那么多的眼泪和思念。

17

家里那张沙发是杜卫平从旧家搬来的，已经有点老旧了，他想换一张新的。我们从 IKEA（宜家）这一年的产品目录中选中了一张布沙发。那张布沙发的设计很简单，看上去软绵绵的，让人很想倒下去。

星期天的早上，我们到铜锣湾的 IKEA 买沙发。产品目录里特别推荐品及特价商品，通常很快便会卖光，我们也很担心那张沙发没有了。

我们来到 IKEA，很有默契地，首先跑到放沙发的角落，那张布沙发竟然还剩下两张，一张是鲜黄色的，一张是深蓝色的，我和杜卫平同时跑到那张深蓝色的沙发旁坐下来。

"很舒服！"我兴奋地说。

"家里放得下吗？"杜卫平问我。

"你不是已经量过了吗？"

"实际可能会有点出入，再量一遍比较保险。"他说。

我们拉起卷尺量度那张布沙发。

"怎么样？"我问。

"刚刚好，再大一点便不行了。"

"那你去找店员，我坐在这里，免得沙发被别人买了。"我说。

"嗯！"他把卷尺抛给我，跑去找店员。

我一个人守住沙发，看着人们从我身边走过，突然有一种奇怪的感触。我谈过三段恋爱，可是，从来没有一个男朋友陪我逛过 IKEA。那年买了房子，也是我一个人到 IKEA 买家具的。

和自己心爱的男人一起逛 IKEA 也许不算什么，有些女人可能一辈子也没有跟自己的男人逛过 IKEA；可是，能够一起逛 IKEA，是代表一些什么的。

琐碎的生活，也是爱情的一部分。关于这部分的记忆，我竟是如此苍白。我以为自己跟三个男人谈过恋爱，也许，我只是一直在跟自己谈恋爱。我们拒绝琐碎和平凡，后来才明白自己的缺失。

跟心爱的男人用卷尺量度一个衣橱的大小，挑一盏灯，甚至只是挑选一块漂亮的窗帘布，竟是我此刻最向往的幸福。

18

杜卫平带着店员回来了。

"这张沙发还有一张新的。"他兴奋地告诉我。

"太好了！"我说。

每次看到喜欢的东西时，最泄气的，便是对方说，现在只剩下陈列品了。那么，到底要还是不要呢？那一刻，小小的庆幸和小小的遗憾，同时在心里交战。

"你还坐着干什么？"杜卫平问我。

"哦——"我站起来说，"太舒服了，舍不得起来。"

"我去付钱。"他微笑着说。

他拐了个弯，背影在我眼前消失。我和杜卫平认识的时候，彼此的年纪还小，相逢的时候，两人已经有了一些经历。我一直以为他还是童年的玩伴，就在这一刻，我才猛然发现，他已经长大了，有一个厚实的肩膀。他不会拒绝琐碎。

19

我们在 IKEA 旁边的冰激凌店坐了下来，点了一大桶家庭号冰激凌。

"你确定要吃下一大桶？这可是五到六个人的分量！"杜卫平说。

"以前每次经过这里，手里都是大包小包的，很想吃也没法停下来，现在想把以前的都吃回来。"我说。

我们分享着那一大桶冰激凌的时候，我问杜卫平：

"你喜欢葛米儿送给你的那顶厨师帽吗？"

"没有厨师会戴那种帽子吧？"他笑笑说。

"人家是特别送给你的。"

"你喜欢的话，拿去吧。"

"我才不要。"

"她为什么要送那顶帽子给我？"

"也许她喜欢你吧。"

"不会吧？"他吓了一跳。

"你又不是有三只眼睛两个嘴巴，喜欢你有什么奇怪？你喜欢她吗？"

"我？我没想过。"

"现在想呀！"

"她太怪了。"

"怎么怪？"

"从头到脚都怪，颜色、造型、口味都怪。"

我扑哧一笑："你好像在讨论一道菜。"

"职业病！"他咧嘴笑了。

"她唱歌那么动听，可以天天为你唱情歌。"我说。

他点点头："说得也是。"

有谁可以拒绝葛米儿呢？她那么可爱，那么主动，歌唱得那么好。我以为我不会嫉妒她了，可是，女人是能够亲密得挤在一个试衣间里试内衣，却仍然互相嫉妒的动物。

20

这一刻，我、郁郁和蒂姝在 KTV 的包厢里等着。

"他到底来不来？他已经迟到一个钟头零十五分钟了。"蒂姝问郁郁。

"他从来没有准时过，所以我约他来这里，起码可以一边唱歌一边等。以前跟他在一起的时候，每次约会也要等他一两个钟头，已经习惯了。"

"可是，现在是他想跟你复合呢！这样也能够迟到？"我说。

"他就是这样，每次迟到都有理由，我不知道我从前是怎么忍受的。也许那时候太喜欢他了。一个人坐在餐厅等他两个钟头，也不会抱怨。"郁郁说。

我和蒂姝是来陪郁郁跟她的旧情人见面的，就是那个说过和她一起开甜品店的男人。郁郁不想一个人赴约，她不想回到他身边，但是，她拗不过他。

那个男人终于来了。他穿一件白色毛衣，把毛衣塞在牛仔裤里。我最看不顺眼男人把厚毛衣塞进牛仔裤里的穿法，太没品位，太碍眼了，我真想伸手去把他的毛衣拉出来。他个子并不高，有一双单眼皮。

他坐下来，跟郁郁说："我正想出门的时候，忽然拉肚子。"

郁郁似乎已经习惯了他的借口。

"她们是我的朋友。"郁郁替他介绍，然后跟我们说，"他叫——"

"叫单眼皮好了，反正不需要记住。"蒂姝一边说一边伸手去捏他的肩和手臂。

他缩了缩，问蒂姝："你干什么？"

蒂姝转头跟我们说："我每天摸那么多男人，只要摸一摸，便知道他的斤两。"

"你会称重吗？那么，他有多重？"郁郁问。

蒂姝没好气地说："不是称重，而是称他这个人。"她又捏了捏他的手臂，说："他的骨头轻，是虚胖，这种男人很短命的。"

单眼皮气得七窍生烟，问郁郁：

"你是在哪里认识这些人的？"

"她们是我的好朋友。"郁郁说。

"你为什么老是盯着他的裤子？"蒂姝凑过来问我。

"我只想把他的毛衣拉出来。"我悄声说。

"我跟她分手了。"单眼皮告诉郁郁。

"是吗？"郁郁淡然地说。

"可不可以请她们坐到另一边？"单眼皮问郁郁。

郁郁没有回答。

"我们去别的地方。"他拉着郁郁的手。

"我不去。"郁郁挣扎着。

"我有话跟你说。"

"我不想听。"

我拉开郁郁的手,说:"这是她最后一次见你。"

蒂姝说:"她对你已经没有感觉了,明白吗?"

郁郁说:"算了吧,好吗?我们再走在一起,已经不是那回事了。"

单眼皮生气地说:"你是不是信了邪教?这两个女人是不是邪教派来的?一个随便摸人,一个老是盯着我的裤子。"

"你才是邪教!"蒂姝说,"所有坏男人都是邪教,信你的便要下地狱。"

"你闭嘴!"他叱喝蒂姝。

"你敢骂我?"蒂姝随手拿起身边的皮包打他的头。蒂姝可不是好惹的。

"你为什么打人?"他护着头。

"你这种人,只有在自己的葬礼上才不会迟到!"蒂姝说。

他站起来,悻悻地对郁郁说:"郁郁,你是不是有问题?"

郁郁望着他,说:"我已经不是以前的我。"

单眼皮怒气冲冲地走了。

蒂姝对郁郁说："假如他再来骚扰你，你告诉我！我有很多朋友，只要我说一句话，他一个小时之内便会被人挂在香港任何一根电线杆上面曝晒。"

"那么，请你叫你的朋友记得把他的毛衣从牛仔裤里拉出来，太恶心了！"我说。

21

"那时我为什么会爱上他呢？"郁郁叹了一口气说，"刚才我仔细看清楚，发觉他完全配不上我。"

"人的品位是会进步的。"我说。

"对啊！我见到我的旧情人，也不明白以前为什么会喜欢他。这些记录如果可以抹去就好了，像奥运的跳高比赛，只算最高分的一次。"蒂姝说。

"他刚才好像被你打得很痛呢！"我说。

"力气不够的话，怎么可以做我这一行呢！"蒂姝说。

"假如我到按摩院上班，恐怕一天就撑不下去了。"我说。

"要我坐在书店里一整天，那才可怕呢！我这么大个人，看过的书不够十本。"蒂姝说。

每一次我和郁郁、蒂姝聚会，都会兴高采烈地讨论彼此之间的差异，然后庆幸自己并不是过着对方的生活。我们因为人生的差异而成为朋友，同时学会去欣赏自己拥有的。

"我们来唱歌吧！"郁郁说。

22

隔壁传来了歌声，一个女人在唱《花开的方向》。

当我懂得珍惜，你已经远离

我不感空虚

因为空虚的土壤上将填满忏悔

如果忏悔还会萌芽苗长

且开出花来

那么，花开的方向

一定是你离去的方向

"我很喜欢这首歌，每次听到都会哭。"郁郁说。

"听说写这首歌的作词人两年前潜水时发生意外，真可惜，这么年轻，又有才华。"蒂姝说。

关于我的过去，我并没有全然坦白。有些创痛，是无法向新认识的朋友提起的。

23

跟郁郁和蒂姝分手之后，我想起还有一本想看的书留在书店里。也许，我可以回去拿书，看看杜卫平下班了没有。

来到渡渡厨房，我推开门，看到葛米儿坐在里面，正在跟杜卫平聊天，她果然天天都来。

"你怎么来了？"葛米儿问我。

"我回去书店拿点东西。"我说。

"你吃饭了没有？"杜卫平问我。

"刚才在 KTV 吃过了。"我说。

"你去了 KTV 吗？"杜卫平问。

"嗯，是陪朋友。"

"原来我们两个都喜欢汤姆·汉克斯和梅格·瑞恩主演的《西雅图夜未眠》，那部电影很感人啊！"葛米儿兴奋地告诉我。

电影里，将要结婚的女主角爱上了带着儿子的鳏夫。男主角多年来活在丧妻的伤痛之中，一次，他在电台节目中倾诉对亡妻的怀念，女主角无意间听到了，那一刻，她爱上了他，甚至退了婚约，千里迢迢去寻找他。

"是的，很感人。"我说。

葛米儿伸出一条腿让我看，她的裤脚是湿湿的。

"你看！"她说，"今天出来的时候，贝多芬又咬着我，不肯让我走。给它零食，它也没兴趣。"然后，她转头问杜卫平："我跟你说过我的狗吗？它叫贝多芬。"

"它是失聪的吗？"杜卫平问。

葛米儿咯咯地笑了，幽默地说：

"不，但它会作曲。"

我忽然提不起劲加入他们。

"我回去了。"我说。

"你不跟我们一起吗？"葛米儿问。

"不了。"我瞧瞧杜卫平，说，"我天天见得到他，我走了。"

杜卫平腼腆地笑笑。

"那么，再见了。"葛米儿跟我使了个眼色，好像感谢我让她跟杜卫平单独相处。

我却有点失落的感觉。

24

我孤零零地朝书店走去，远远见到一个男人在书店外面踱来踱去，我走近一点看，发现那个人原来是大虫。

"你为什么会在这里？"我问。

他大概没想到我会回来，神情好像比我还要诧异。

"我在附近经过。"他结结巴巴地说，然后问我，"你为什么会回来？"

"我忘记带东西。你要上来吗？"

"不用了。"

"那好吧！"

我走进书店，到阳台拿我的书，看见大虫仍然站在下面，满怀心事。

"你真的不上来吗？"我问。

他仰着头，好像想跟我说什么，终于说："我走了！"

然后，他一溜烟地跑了。我正想进去，他又一溜烟地跑回来。

"程韵，你明天有空吗？"他抬起头，气喘吁吁地问。

"嗯，有的。"我说。

"那我明天找你。"

"有什么事吗？"

"嗯，还是明天再说吧。"

我把阳台的门拉上，在店里打点了一下才离开。当我蹲下来锁门的时候，有人在我肩膀上拍了一下，我以为大虫还没走，回过头去，原来是杜卫平。

"葛米儿呢？"

"她走了。"他说。

25

"你刚刚有没有见到大虫？"我问杜卫平。

"他在这里吗？"

"嗯，这么晚了，他竟然一个人在这里踱步。"

"近来我有好几次下班时都看到他。"杜卫平说。

"是吗？那么，他并不是第一次在书店关门之后回来的。他刚才说明天找我，说得结结巴巴的，好像有什么心事。"

"他会不会是喜欢你？"

"不会吧？"我吓了一跳。

"你又不是有三只眼睛两个嘴巴，他为什么不可以喜欢你？"

"不至于吧？"

"你是说他不至于喜欢你？不要自卑，你没那么糟糕。"他边走边说。

"我是说我不至于那么糟糕吧，只能被他喜欢。"

杜卫平咯咯地笑了："你看不起大虫。"

"我没有看不起他。"

"但你认为他喜欢你是不自量力。"

"难道不是有一点点吗？"

"这样不是更感人吗？因为喜欢，所以不自量力，冒着被拒绝和嘲笑的危险。"

"假如他明天向我示爱，我要怎么拒绝，又不伤害他的自尊心呢？"

"没有一种拒绝是不会伤害对方自尊心的。"他说。

"哼！为什么你有葛米儿喜欢，而我只有大虫。"

他莞尔："原来你嫉妒我！"

"谁要嫉妒你？你没有勇气拒绝，但我有。你不知道吗？能够拒绝，才是一种身份。"我说。

"如果只能不断拒绝，从来没有一个是值得接受的，那倒是可怜。"他笑笑说。

"我宁愿高傲地发霉，也不要委屈地恋爱！"我说。

26

"我不知道怎样开口。"大虫结结巴巴地说。

我和他在书店旁边的咖啡厅见面。

"到底有什么事？"我问。

"真的很难启齿。"

"太难的话，不要说了。"

"但是……"他说，"如果一直藏在心里，我怕将来会后悔。"

停了很久之后，他终于说：

"你知道喜欢一个人的滋味吗？"

"我知道。"我尴尬地说。

他不断搓揉手里的餐巾，说：

"我是说暗恋。"

"我从来没有暗恋过别人。"我说。

"当然了，你条件这么好。"

"跟条件无关，可能我比较爱自己吧。我舍不得让自己那么一厢情愿地喜欢一个人。"

"是的。暗恋是一种煎熬，开始的时候很甜蜜，后来却会变得愈来愈难熬。可是，一旦开始了，想回头已经不容易。"他低着头说。

我不知道该说些什么。

大虫继续说："就像一只小鸟不自量力地爱上了一只狗，于是，小鸟每天都感伤地飞到狗的头上，不知道哪天会不小心被它踩得粉身碎骨，可是，能够每天悄悄地看它捉蚤子，也是一种幸福。"

"大虫，你书看太多了。"

"暗恋是很卑微的。"大虫说。

"形式或许卑微，精神却是高尚的。"我安慰他。

"程韵，我……"他的脸涨得通红。

"不要说了。"我制止他。

"我不说你怎么知道呢？你会嘲笑我吗？"

"不会。"我只好撒谎。

"我……"他吸了一口气，说，"喜欢上了杜卫平。"

我吃惊地望着他："你不是喜欢女人的吗？"

"谁说的？"

"你是为了对旧情人的承诺而去学小提琴的。"

"我没说他是女人。"

我恍然大悟。

"但是，杜卫平是喜欢女人的。"我说。

"是吗？有些女人会跟同性恋的男性朋友一起住的，就像闺密，他跟你一起住，我以为……"他难堪地说。

"我们不是闺密。据我所知，他暂时还是喜欢女人的。"

大虫的样子失望透了。

"你要我替你告诉他吗？"

"有用吗？"他问。

"我想，这不会改变他的倾向。"

"那算了吧！说了出来，我觉得舒服多了。"

"不要喜欢他。"我说，"小鸟跟狗是不同类的。"

大虫难过地点点头。

27

回到家里，杜卫平不怀好意地望着我。

"你拒绝了大虫没有？"

我摇了摇头，问："有没有看到我的拖鞋？"

杜卫平在沙发后面找到我的拖鞋，踢过来给我。

"你没拒绝他？"他问。

"他喜欢的不是我。"

他倒在沙发上大笑："原来你表错情！"

"是的，他喜欢的另有其人。"

"是谁？"

"你真想知道吗？"

"有谁比你更有吸引力？"

"是你！"我笑得捧着肚子趴在沙发上。

"我？你别开玩笑。"

"我不是开玩笑，他以为我们是闺密！"我笑得眼泪都流了出来，"他在书店附近徘徊，是为了看你，不是看我！"

"不会吧！"他吓了一跳。

"你又不是有三只眼睛两个嘴巴，他为什么不可以喜欢你？"

"我看起来像喜欢男人吗？"

"我怎么知道，也许你两样都喜欢。"

"现在怎么办？"

"你自己拒绝他。"

"我从来没拒绝过男人。"

"就跟拒绝女人差不多。"

"怎样可以不伤害他的自尊心？"

"没有一种拒绝是不会伤害对方自尊心的。"我说。

他懊恼地坐着。

我朝他笑了笑，说："我已经告诉他，你是喜欢女人的。"

他大大地松了一口气。

我们各自占着沙发的一边，四目交投的一刻，又笑了起来。

"大虫是怎么说的？"他好奇地问。

"他说他是你的小鸟……"

杜卫平的脸涨红了："他这样说？他满脑子是什么！"

"满脑子什么的是你！他说的是一个凄美的故事，小鸟不自量力地爱上了一只狗。"

"他说我是一只狗？"他瞪大了眼睛。

"大概是这个意思吧！对了，我们什么时候戴上迪之送给我们的围巾照一张相片寄给她呢？差点都忘了。"

"哪一天都可以。"他说。

"再冷一点吧。现在这种天气还用不着戴围巾，最好是下雪。"

"香港不会下雪。"

"普罗旺斯会。"我说。

"这个时候，普罗旺斯人会吃烤羊腿……"

"还有红酒洋葱烧狐狸肉……"

"积雪的山坡上，只是偶然印着松鼠和兔子的脚印……"

"什么时候可以去普罗旺斯呢？"我向往着。

"夏天吧。"杜卫平说。

"那就夏天。"我说。

"他竟然说我是狗？"他喃喃说。

我憋住笑："做狗也很幸福的，贝多芬就是。"

28

书店差不多打烊的时候，葛米儿跑来了，手上拿着大包小包。

"你为什么会来？"

"我刚刚在附近买东西。"

"你买了什么？"

她把包包里的东西铺在柜台上让我看，是一堆金色和银色的毛线球和一套编织针。

"你会织毛衣吗？"我惊讶。

"不会啊！我的助理答应教我。"

"你要织毛衣给谁？"

"我要织四只袜子给贝多芬。"

"狗也穿袜子吗？"

"保暖嘛！天气开始冷了。而且，穿上袜子出去散步，不会弄脏四只脚，所以袜子好！贝多芬是金毛的，配银色袜子最抢眼了，我还打算用金色毛线在袜子上织上我的名字。"

我笑笑地打趣说："那可是名牌呢！"

"它穿上这四只袜子出去散步，肯定会顾盼自雄，像一个闪耀的明星！"她兴奋地说。

"是啊！还可以走台步呢！"

"就是啊！这个点子是不是很棒？"

"你一向让人眼睛一亮。"我说。

29

我们在阳台上喝茶。

“你最近没去渡渡厨房吗？”我问。

她耸耸肩：“我放弃挂号了。”

“为什么？”

“杜卫平是很好，可是他不喜欢我。他喜欢的是你。”

“我没挂号。”我笑笑说。

“你不用挂号的，你在他心中占着最特别的位置。每次见到你，他都笑得格外灿烂。我们聊天的时候，他总是情不自禁地提起你，说什么‘程韵喜欢吃这个……’‘程韵小时候的样子很可爱……’。那天晚上，我们本来聊得很开心的，你突然跑来，他所有的注意力立刻放到你身上。他望着你的眼神，很难让人相信是没有感情的。你一声不响地离开餐厅，他便开始心不在焉了，还撇下我去书店找你。”她噘起嘴巴说，“太不公平了！我喜欢的男人都喜欢你。”

我不知道说些什么好。

“你也喜欢他吧？我看得出来。”葛米儿说。

我笑笑。

"你也是时候忘记林方文了。"葛米儿忽然说。

我笑了一下，已经不知道怎样回答。

"他已经离开了。你该有自己的生活。"

"我有自己的生活。"我说。

"没有爱情的生活，不算圆满。你为什么要把自己关起来呢？"

"也许我害怕爱上另一个人之后会把他忘记吧。我却又害怕没法忘记他，那便永远没法爱上另一个人。"我说。

"他出事的时候，你们已经分手了。你没有义务守住你们之间的盟约。"

"我总觉得我是有责任的，我甚至怀疑，他是故意的，他是故意脱下身上的压缩空气瓶，扯掉呼吸器和面罩，他不想再回来。"我哽咽着说。

"那么，我不是也有责任吗？是我鼓励他潜水的。但是，其实我们都没有责任。他比我们幸福啊！他永远不会老，而且，也不会再死一次。"

我笑了："是的，他老了不知道会是什么样子。"

"你知道吗？我发现这世上你是我的知音。"

"你有很多知音。"

"但是只有你两次都跟我喜欢同一个男人，我们的品位最相近。"

"除了穿衣的品位。"我笑着说。

30

那天才说要等到天气冷一点的时候戴上围巾和杜卫平一起拍照，天气却已经冷了起来。离开书店，葛米儿抱着毛线球回去温暖她的贝多芬，我把脖子缩进大衣的衣领里。

这条路已经走过很多遍了，和杜卫平一起走，也差不多两年了。这些日子以来，林方文一直是我和葛米儿之间的禁忌，大家都尽量不去提起。我和她对林方文的缅怀是不一样的。她更像缅怀一位好朋友，她会懊恼鼓励他去学潜水。我怀念的却是生命中的至爱。日子久了，逝去的人变得愈来愈完美，仿佛是没有人可以取代的。所有快乐、痛苦、承诺、背叛和眼泪都变成了今生难以重现的记忆，时刻呼唤着那些湮远的往事。

我怎么可能忘记他呢？而他已经忘记我了。在那遥远的天国，应该没有人世的记忆吧？假如每个人能够带着一段回忆离开尘世作为纪念，林方文要带走的，可会是跟我在一起的日子？

我从来不觉得自己在他心里重要，直到他不再回来。我时刻希望他变得年老，那样他便永远属于我。上帝对我的惩罚，是永不让我看到他白发苍苍的样子。

我们最后一次见面的那天，我坐在车上，他在潜水店外面，头上戴着那顶他放下了多年的鸭舌帽。我们相识的时候，他总爱戴着那顶深蓝色的鸭舌帽，谁又会想到，我们诀别的时刻，他又重新戴上那顶帽子。

我的车子向前走，他的车子往回走，从此隔着永不相见的距离。那深蓝色的帽子，悄悄把他带来我身边，又悄悄把他从我身边带走，是相聚，也是别离。如果我早知道，我会把那顶帽子从他头上摘下来，永远不再还给他。那样的话，是否可以改变看似不可逆转的天意？

31

我从皮包里掏出钥匙，一如往常地把钥匙插进匙孔里。

门开了，屋内一片漆黑，窗边的扶手椅上坐着一个背影，那个背影戴着一顶深蓝色的鸭舌帽，蓝得像水，蓝得像夕阳沉没之后暮色四合的蓝，蓝得像从阴曹地府飘来的蓝，慢慢而悲伤地笼罩住房子。

是他吗？

怎么会是他？已经恍如隔世了。

为什么不会是他？那明明是他的帽子。

我静静地走到那个背影后面。

人不是因为遇到另一个人而改变自己的，而是你内在很想改变，你才会注意到那个可以改变你的人，只有在那一刻，你的耳朵才能够听到远方的呼唤。

第 三 章

幸福的
离别

流 浪 的 面 包 树

1

那个戴着蓝色鸭舌帽的背影缓缓回过头来。

"你回来啦？"他问。

我茫然地站着。

"为什么不开灯？"杜卫平离开了那把椅子，拧亮一盏黄灯，淹没了深深的蓝。

"你为什么在家里戴帽子？"我恼怒地问。

他摘下帽子，帽子下面的头发理得很短。他摸摸头，说："今天把头发剪得太短了，感觉怪怪的，经过一家小店，便买了这顶帽子。"

我悲伤地凝视着他，恨他坏了我日复一日的希冀。

他无辜地看着我，我无声地从他身边走过，关上卧室的门，倒在床上，心里悲伤如割。我是疯了吧？以为死去的人会回来看我，相信有一首歌会永远唱下去，仿佛不知道世上的一切不可能重来。

2

那年除夕，在布列塔尼餐厅，灯影摇曳，我坐在旋转木马旁边。酒和泪水模糊了我的眼睛，韩星宇和他的朋友在我身边说话，那声音却好像跟我隔着几个世界的距离，我的耳朵里只有一片无声的荒凉。

直到韩星宇拉着我到外面看烟火，寒冷的空气袭来，我才从几个世界之外回到凄凉的现实。海上的小船向夜空放射烟火，一朵一朵烟花在天际坠落，我看到的却只是苍白的颜色。

当最后一朵烟花在我身边坠落，我抬头望着韩星宇，一瞬间，我发现我从不认识他，我为什么会跟着这个陌生人来到这个陌生的地方？林方文知道的话，会很伤心的。我什么时候背叛了我们的爱情？让他一个人流落在远方，被水淹没了。

我也许从未爱过韩星宇，我只是以为可以爱他。

搜索队在两天之后放弃搜索了，林方文一直没有回来。当我们第一次提到这个遥远的小国时，谁又会想到竟是他魂断，也是我魂断之地？

他为我唱的，只能是一支挽歌吗？

3

"你好吗？"坐在我面前的韩星宇说。

我微笑着点点头。我们在中区一家西班牙小餐馆吃晚饭，是分手后第一次见面。接到他打来的电话时，我有点惊讶。

"忙吗？"我问。

"刚从美国回来，过几天要去北京。这两年来，好像都是在天空中度过。你呢？书店的生意好吗？"

"已经开始赚钱了。"

"那岂不是很快会变成小富婆？"

"那得把面包树变成连锁书店才有机会。"

"也不是不可能。"

"这是我的梦想呢！"

"要是你想把面包树变成网络书店，我很乐意帮忙。"

"会变成亚马逊那样的网络书店吗？"我笑着问。

"说不定啊！"

"我们太现实了，见面都在说钱。"我说。

他笑了："你还是住在以前的地方吗？"

"房子已经卖了，我现在住在书店附近，很方便。你呢？还是住在那个可以看到很蓝的天空的房子吗？"

"我常常不在香港，那个房子去年已经卖掉了。"

"那好啊！今年开始，房子都在跌价。"我说。

韩星宇从背包里掏出一个方形铁盒子，那个盒子的颜色很鲜艳，上面印着一幅古代欧洲男女谈情的图画。

"这是著名的布列塔尼酥饼，苏珊寄来给你的，她以为我们还在一起。"他尴尬地说。

"哦。"我打开盒子，蛋香和奶香扑鼻，每块酥饼用彩蓝色玻璃纸包裹着，很漂亮。

"你还是惦念着林方文吗？"韩星宇温柔地问。

我无奈地笑笑。很难说那是惦念，你惦念的人，或许还有重逢的可能吧？

4

"真希望有一天看到你结婚、生孩子，我很想知道你的孩子会不会也是神童。"我说。

"那是很遥远的事了。"他说。

本来想告诉韩星宇，我认识他妹妹，可是，我突然觉得事情有点复杂，还是不要说的好。

我和韩星宇在餐厅外面分手，他在我的视野中消失了。他不是不好，他只是出现得不是时候，假如林方文没出事，也许我仍然会跟韩星宇在一起。可是，一瞬间，我又觉得自己这种想法太傻了，好像以为这个世界上的一切不是从一开始便注定了的。

5

我抱着饼干，走到渡渡厨房。门开了，我朝里面看，杜卫平刚好走出来。

"我看看你下班了没有。"我说。

"刚刚要走。"他看到我，有点惊讶。

"那一起走吧。"我说。

"这是什么？"他瞧瞧我怀里的饼干。

"布列塔尼酥饼，朋友送的。"

"这个盒子很漂亮。"

"嗯！"

"你还在生我的气吗？"他问。

"谁说我生你的气？"

"你那天的样子很凶。"

我笑了笑："你跟那个已经出狱的女孩子，还见面吗？"

他摇了摇头："希望她不要再出事吧。"

"如果让你选择，你会跟分手的女朋友再见面吗？"

"为什么不？"他反过来问我。

"有时候，我会宁愿不见。分开许多年之后再见的话，两个人也许都在说工作，说房子涨价了或者跌价了，说些很现实的事情。永远不见的话，反而能够不食人间烟火。相爱的人，可以见白头，分开的情人，是不许人间见白头的。"我说。

"分手的情人，能够成为朋友，甚至像亲人那样，不是很美好吗？"

"但是，他们都知道最美好的事情已经发生过了。"

"你只是害怕让旧情人看到你老去的容貌。"

"我的那一个，永远看不到，我也看不到他的。"我说。

6

"你老了应该也不难看。"他说。

"你怎么知道？"

"美女的变化才会大一点。"

"你是什么意思？"

"你不是美女，老了也不会跟现在相差太远。"

"你是找死吗？"

"我是称赞你耐看。"

"你可以称赞我是耐看的美女。"

"我这样说，你会相信吗？"

"女人对于赞美她们的话是丝毫不会怀疑的。"

他咯咯地笑了："我以为你不是一般女人。"

"我也有很一般的时候，那个时候，我会对年龄、青春和自己的容貌很敏感。"

"好吧，你老了的时候我不会说你老了。"

"假如我自己说呢？"

"那我便说：'是吗？我一点也看不出来。'"

我笑了笑："那一言为定啊！"

旧情人是应该永不相见还是有缘再会？也许，谁都希望那永不相见是可以选择的永不相见，而不是无可选择的乍然诀别。

7

最后一支歌唱完了。舞台上的灯一盏盏熄灭，葛米儿站在升降台上，慢慢地沉下去，最后在舞台上消失了。

观众热情地叫"安可"，这样的"安可"连续叫了七八分钟，气氛开始变得有点不寻常。

"她为什么还不出来呢？"杜卫平跟我说。

小哲和大虫也大声地喊着"安可"。观众期待着那个高台再次升上来，而它始终没有。最后，场内的灯打亮了，场馆的门也陆续打开了，一阵阵鼓噪声和咕哝声从人群中传来，没有人明白葛米儿为什么不再出来。

8

后台化妆室的门虚掩着，我从门缝里看到葛米儿仍然穿着舞台装，背对着门，坐在一把椅子上，头低着。

"我可以进来吗？"我轻轻地问。

"是程韵吗？"她回过头来，朝我微笑。

"你怎么啦？"我问。

她红着眼睛说："本来还有两支歌要唱的，可是，正想出去的时候，我的脑海突然一片空白，好像不知道自己在哪里，甚至下巴也在不停地打战，没法说出一句话。他们看到我这个样子，都吓呆了，只好把我扶下来。"

"你是不是不舒服？"

"我现在一点事也没有。"

"可能太累了，别忘了你已经开了七场演唱会。"我安慰她。

"但是，今天是最后一场，我以为会很完美的。"

"你已经做得很好了。"

"观众有没有鼓噪？"她担心地问。

"他们只是有点不明白。"

"没有一个歌星是不唱安可的。"她哽咽着说。

"只要解释一下，大家都会谅解的。"

"真的吗？我本来是要唱《花开的方向》。"

"下次演唱会再唱也可以呀！这是你的经典名曲，永不过时。"

她终于咧嘴笑了，然后站起来，挽住我的胳膊，说："走吧！"

"去哪里？"

"我们不是要去庆功宴吗？我饿坏了。"她摸着肚子说。

9

庆功宴在渡渡厨房举行，葛米儿早就把不开心的事抛到脑后了。她时而搂着工作人员聊天，时而忙着跟记者解释不唱安可曲的原因，大家都舍不得责难她。她又把食物拿出去给外面的歌迷，用自己的相机跟他们拍照。

然后，她拉着杜卫平来到我身边，说："我帮你们照一张相。"

"好的，我们正要寄一张戴着这条围巾的照片给迪之。"杜卫平说。

这一天，我和杜卫平不约而同地戴上了迪之送给我们的围巾。

我和杜卫平并排站在餐厅的大门旁边，葛米儿走过来，把杜卫平的手拉到我的胳膊上，又把我的手挂在他的胳膊上，然后把我们两个的头挤在一起，向我使了一个眼色，说：

"这样才像老同学。"

我的个子本来就比杜卫平矮小，现在看来像缩在他怀里。

"我也要照一张。"她把相机交给小哲，走过来站在我和杜卫平中间，挽住我们的胳膊，露出灿烂的笑容。

照了一张相片之后，她朝小哲叫道：

"再来一张！我要安可！"

好像是要补偿一下她的安可。

"你明天还是去医生那里检查一下比较好。"我对她说。

她噘着嘴巴说："医生只会说我太累了，应该多休息。"

10

接下来的几天，我完全失去了葛米儿的消息。她不在家，手机也没开，连她的经纪人也不知道她去了哪里。

然后有一天，书店打烊了，我拧熄二楼的灯，走下楼梯，看到葛米儿站在楼梯口，脸色憔悴而苍白，那种苍白，即使在最幽暗处也可以一眼看见。

"你到底去了哪里？"我问。

"你一定会很嫉妒我。"她疲倦地微笑，声音有点嘶哑。

我并不明白她话里的意思。

她吸了一口气，颤抖着说："我很快便会去见林方文。"

我们沉默而悲哀地对望，眼泪滔滔地涌出来。

11

回到公寓的房子，杜卫平带着微笑说：

"你回来啦？"

我泪湿了脸，没法说出一句话。

"怎么啦？"他关切地问。

"我见到葛米儿了。"我说。

"她去了哪里？"

"我可以见到她的机会也许不会太多了。"我的声音在颤抖。

"为什么？"

"医生在她的左脑发现一个恶性肿瘤。"

他吃惊地望着我。

我哀哭着："为什么我身边的人都要死！"

"我不会！"他说。

我悲伤地凝视着他："每一个人都会死的。"

"我不会那么快死。"他说。

"等我死了，你才会死？"

他点了点头。

"答应了啊？"

我望着他，某种我们曾极力避免却又终究无法避免的东西已悬在空中。

12

"那个肿瘤可以做手术切除吗？"他问。

"医生说，表面看起来是可以的，但是，真正的情况要等开颅之后才知道，假如真的有上帝，这个上帝是不是太残忍？竟用死亡来折磨我们。"

"你有没有见过死去的鸟？"他问。

我摇了摇头。

"我们很少会见到死去的鸟。"他说。

"为什么？"

"鸟好像知道它们的尸体会污染活体的世界，所以，垂死的鸟会直觉地飞到深山大泽去，在那里等待死亡。因此，我们不会见到老死的海鸥和燕子。死亡是大自然的机制，没有残不残忍，有人死，才有人生，然后，人类才不会灭绝。"

"难道我们活着，只为了延续后代吗？我们只是生物链的一条尾巴？"我难过地说。

"但是，我们也曾是一只高飞的鸟。"

他朝我微笑，那个微笑是那样爱怜，仿佛在无边的黑夜里为我挂上了一轮明月，使我几乎相信，自己也是一只高飞的鸟。

13

葛米儿的头发已经剃光了，准备一会儿去动手术。她靠在床上，身上散发着药水味，一边唱着歌一边忙碌地编织袜子。

"前阵子忙着演唱会，只织了三只袜子，还欠贝多芬一只。"

"做完手术之后再织吧。"我说。

"我怕没机会出来，总不能要它穿三只袜子吧？"她咧嘴笑了。

看到我想哭的样子，她连忙说："我说笑罢了。"然后，她用一根编织针戳了戳自己左边的脑袋，说："我现在每天都给这个肿瘤唱歌，希望感化它。"

"你唱什么歌？"

“当然是情歌！”她天真地说。

“那应该会有用的，谁能抗拒你的歌声？”

“主治医生也是这样说，他是我的歌迷，长得很帅呢！”

“那你不是有机会吗？”我笑笑说。

“可惜让他看到我光头的样子，什么幻想也没有了。”

“不，你的头形很漂亮。”

“真的吗？”她摸着自己的光头，说，“我终于明白为什么每次出门贝多芬都咬着我不放了，它知道要和我分开。”

一阵鼻酸涌上喉头，我没法说话。

“我终于知道它不是只会流口水的。”她虚弱地说。

护士推着一张轮床过来，准备把她送到楼下的手术室。

“我还没有织好这只袜子呢！”她嚷着，然后，转过头来问我，“万一我出不来，你可不可以替我完成？”

“不，你知道我不会织毛衣的，你要自己来。”

“那好吧！”她噘着嘴巴把毛线球和编织针交给我。

“还有！”她从枕头底下拿出三张照片给我，说，“是那天在庆功宴上照的。”

那三张照片，其中两张是我和杜卫平一起的，另外一张是我们三个的，我们都笑得很灿烂，不知道命运已经伸出了它的魔爪。

"你跟杜卫平很配呢。不要放过机会，生命是很短暂的。不再爱任何人，是对林方文最肤浅的怀念。"

我眼里溢满了泪水。

她爬上那张把她送上手术台的轮床，护士把她推出走廊。

她躺在那张床上，回头向我微笑，在目光相遇的片刻，我惊异地意识到死亡的狂傲。

我站在走廊上，望着她从我的视野消失，依稀听到她对着那个肿瘤唱着愉快的情歌，那动人的嗓音却是虚弱的。

后来，连歌声也消失了。

14

假使葛米儿没有离开斐济，她的人生是否会不一样？也许，正如她自己所说，她会在爸爸开的酒馆里和三个姊姊唱一辈子的歌。

她不回来的话，我的人生，以至林方文的终点，也许都会不一样。

在生活的领域里，本来毫不相干的人，他们的命运最后却会纠缠在一起。错过了一班车，延误了出门的时间，在路上碰到一个朋友，所有这些细微末节，都会改变生活的轨迹。

我们满怀热情地响应命运的召唤，却不知道自己将会漂流到哪里。

这一刻，我靠在医院长廊的椅子上，葛米儿的手术已经做了五个小时，杜卫平去买了一瓶矿泉水回来给我。

"你会织毛衣吗？"我一边喝水一边问。

他微笑摇头。

我放下水瓶，把双手往贝多芬的袜子里套，笑笑说："我也穿得下，贝多芬的脚真大。"

"是给贝多芬的吗？"

"嗯。"我点点头，"只织了三只半，她要自己把它完成才好。"

"你知道我以前养的小黑狗是怎么死的吗？"

我摇了摇头。

"它的膀胱生了一个肿瘤，没法再撒尿了。那时它已经很老。它死了，我也没有再养狗，我很怕它们会死。"

"那是对它最肤浅的怀念。"我说。

他转过脸来望着我，我微笑。

突然，我发现他头顶的壁灯上栖息着一只黄色蝴蝶，宽大的翅翼上印上了两个黑色的斑圈。

"这里为什么会有蝴蝶？"我问杜卫平。

"这家医院在郊外，也许是从外面飞进来的。"他说。

护士推着一张轮床经过，壁灯上的蝴蝶吓得一惊，扑扑飞起，在走廊上盘旋。

"是你的小黑狗吗？"我问。

"不会吧？"他惊讶地说。

那是生的欢呼还是死亡的召唤？我有点害怕。

然后，护士推着一张轮床经过，上面躺着葛米儿，她酣睡着。那只蝴蝶翩翩飞来，栖息在她的脚指头上。

15

葛米儿躺在加护病房，胸部以下覆着毛毯，头部包扎着绷带，身上挂满点滴。她微微张开眼睛，看到了我。

流浪的 面包树

"你好吗？"我轻轻唤着。

"你换了衣服吗？"她的声音嘶哑而微弱。

"今天是手术后的第二天，你睡了一整天，我也回去睡了一觉，换过衣服再来。"我说。

"嗯。"她虚弱地答着。

"我见过你的主治医生了，果然长得很帅。"

她眨眨眼睛："没骗你吧。"

"没想到他那么年轻呢。"我说。

她微笑："你不是也喜欢他吧？我们的品位总是那么相近。不知道他有没有女朋友呢？"

"你可以挂号。"我说。

"嗯，是的。"

我笑笑说："这一次，真的是向医生挂号了。"

她咽了口口水："我以为再也见不到你了。"

"怎么会呢？"

"我想过了，先去见林方文比较好，我会唱歌，你不会。"

我微笑："跟他在一起，不是什么好事，我其实受不了他。"

我喂葛米儿喝了一点水，她的头偏到肩膀，昏昏沉沉地睡了。我把那三只半袜子放在她床边。

医生把她脑内大部分的癌细胞切除了，可是，有些癌细胞已经扩散到血管附近，由于太接近血管，无法切除，只能用化疗。我不懂得怎样告诉她，反正她很快会知道。

昨天的蝴蝶可会是林方文？假如是他，为什么不是栖息在我的肩膀上？他是怕我害怕吗，还是嫌我不会唱歌？

16

"原来我脑子里长满了星星。"葛米儿告诉我。

一个星期之后，她已经离开加护病房，转到普通病房。这天，我来看她的时候，她坐在床上，正在翻一本假发目录。

"什么星星？"我问。

"医生说，我脑子里的肿瘤叫作星形细胞肿瘤，形状像星星，有成千上万颗。没想到我的肿瘤也比别人灿烂吧？"她活泼地眨眨眼睛，然后说，"我的化疗，便叫摘星行动，是不是很别致？"

"那些星星有名字吗？"

"它叫银河系，就是把我弄得满天星斗。"

我笑了。

"你来帮我挑一些假发好吗？它们全都很漂亮，我不知道怎么挑。"

"我的品位跟你不一样的。"

"这一次，我想试试你的品位。"

"好吧，让我看看。"

我从那本目录里挑了一个浅栗色齐肩的鬈发。

"这个头发很面熟。"她咕哝。

"我第一次见你的时候，你便是烫这种头发，像一盘打翻的意大利面。"

她恍然大悟："怪不得好像在哪里见过。我那时为什么会喜欢这种发型呢？"

"但是很适合你啊！"我说。

"那时我只有十九岁，脑子里还没有长出星星，我以为将来会做很多事情，我以为我的人生会是很灿烂的。"她幸福地回忆着。

"你现在也是。"一阵酸切涌上眼睛，我把脸转过去。

然后，她沙哑着声音问："你可以替我读信吗？"

床边放着几个大箱子，全是歌迷写给她的慰问信。

我坐在床边的椅子上，开始替她读信。

离开医院的时候，夜已深了，天际挂着几颗零落的星星，我突然意识到，星星也有残忍的时候，像青春的匆促。

17

这一刻，天空上繁星闪烁，我发现自己站在书店的阳台上，想着葛米儿。葛米儿要定期回去医院做化疗。第一次化疗的结果，医生并不满意，现在为她试一种新药。人一生病了，尤其是那么严重的病，便会变成一只白老鼠，茫然不知道自己的命运。

"程韵，有人找你。"小哲在我后面说。

我转过头来，诧异不已，站在我面前的，是林日。

她走上来，热情地抱了抱我，说：

"你很好抱。"

我微笑："你第一次见我的时候，也是这样说。"

"很多年没见了。"她说。

"你怎么知道我在这里？"

"我是去你以前工作的报社打听的，你忘了我也是记者吗？"

我仔细看看她，她穿一身橘色的印度纱笼，披着一条紫色披肩，长发盘在脑后，人还是那么瘦。

"你什么时候回来的？"我问。

"回来两个星期了。"

"你穿得像印度人。"

"我是从印度回来的。你听过 Sai Baba（赛巴巴）吗？"

我摇了摇头。

"他是我的精神导师，我去印度就是听他说话。他抚慰所有人的心灵。"她脸上露出虔敬的表情。

我并不觉得惊讶，林日和林方文这对姊弟，一向比别人怪诞。她这次去印度，下次可能是西藏，再下一次，可能是耶路撒冷。

"你为什么会回来？"

"林方文的银行户头已经解冻了，律师通知我回来处理他的遗产。"

这句话好像突然踢了我一脚，把我推向现实的门槛，惊悉时光的流逝。当一个人突然被踢了一脚，不禁有点柔弱的感觉，眷眷地思念起从前。

"你有男朋友吗？"她问。

我耸耸肩膀，微笑："你呢？"

她同样耸耸肩膀。

"你的爱情生活不是一向也很精彩的吗？"我说。

"爱欲是不自由的。"她说。

"是那位 Sai Baba 改变了你吗？"

"人不是因为遇到另一个人而改变自己的，而是你内在很想改变，你才会注意到那个可以改变你的人，只有在那一刻，你的耳朵才能够听到远方的呼唤。"她继续说，"无法从焚心烈火般的欲望中解脱出来，便无法得到内心的喜悦和平静。"

我望着她，很难相信眼前这个人曾经是第一次见面便跟我大谈做爱和不贞的。

"你不再谈恋爱了吗？"我问。

"当然不是，我的宗教并没有禁欲，我只是不会像从前那么滥交。从前我以为爱情是双双堕落，现在我相信爱情要有提升，两个相爱的人能够提升到比原本高一点的境界。"

"你的宗教有没有说，人死后会到哪里？"

"人死后会轮回，像一个圆形，无始亦无终。"

"那么，轮回之后会变成什么形态？会变成蝴蝶和星星吗？"

"一种生物是不会轮回成为另一种生物的。人还是人，蝴蝶还是蝴蝶。如果星星陨落了，还是会再成为星星。"

"但是，面貌也许不同了，故人也无法把他认出来。"

"也许是的。"她说。

18

"你什么时候走？"我问。

"明天。"她说。

"你会去哪里？"

"回去印度。"

然后，她从布包里掏出一张支票给我，说："这些钱，你收下吧。"

我看看支票，那是一个很大的数目。

"为什么给我钱？"

"我领了林方文的遗产，这是其中一部分。"

"他写了遗嘱吗？"

"没有。"

"那你为什么给我？"

"这是林方文的心意。"她说。

我诧异地望着她："既然他没有写遗嘱，你怎知道这是他的心意？"

她停了一下，说："我猜想这是他的心意。"

"他出事的时候，我们已经分手了，我不能要这些钱。"我说。

她听到我们已经分手的事，好像并不感到惊讶，也许，她太了解她弟弟了。

"这些钱，你留着吧。"她说。

我把支票退回给她："这是你的钱，我不能要。"

"那好吧。"她无奈地收回那张支票。

临走的时候，她紧紧地抱了抱我，说：

"什么时候，你想改变自己的生活，可以来印度找我。"

我微笑："我的生活已经改变了。"

我锁上书店的门，朝渡渡厨房走去，杜卫平已经在街上等我了。

"今天的生意好吗？"我问。

他耸耸肩说："普普通通吧。天气太冷了，人们都不想外出，或者宁愿去吃火锅。你那边呢？"

"也是差不多。天气一冷，人们都躲起来了。"

我们在沉寂中走着，然后，我问：

"你有没有写遗嘱？"

他摇了摇头："你有吗？"

"我也没有。"

"这个年纪写遗嘱，太年轻了吧？"他说。

"谁知道明天的事呢？我也想过写一份遗嘱。"

"你想写些什么？"

"譬如说，书店要留给谁，银行户头里的钱又要留给谁，遗体要怎么处理等。除了亲人和我所爱的人之外，我的遗容绝对不能让人看见，从来没有一个死去的人会比活着时好看，我宁愿大家记着我生前的样子。

还有就是我要西式葬礼，中式葬礼太吵了。有些女孩子会因为想在漂亮的教堂里举行婚礼而信教，我是会因为想要一个美丽的葬礼而信教的。"

"你似乎想太多了。"他笑起来。

"也不算吧？都是安排钱，安排后事，很现实的。"

"遗嘱的原意便是这样。"

"有没有不那么现实的遗嘱？"

"既然是你的遗嘱，你喜欢怎么写都可以。"

"也许，我会把它变成情书，趁最后的机会，告诉我所爱的人，我是多么爱他，也感谢他爱我。"

他笑笑："通常呢，把大部分的钱留给谁，便已经表达了这个意思。"

"不一样的。"我说，"我会想读到一句深情的告白，遗嘱是最后的情书。"

一阵刺骨的寒风吹来，冷得我直哆嗦，我把脖子缩进衣领，跟杜卫平说：

"去吃蛇好吗？"

"现在去吃蛇？"

"吃得饱饱的，睡得比较甜。"

他朝我微笑："说得也是，我好像也有点饿。"

20

以为天气那么冷，所有人都躲起来了，郁郁的蛇店，却挤满了人。蛇要冬眠，人在寒冬却吃蛇保暖。假如蛇会思考，是否也会悲凉一笑？

"今天我们卖了差不多两百条蛇。"郁郁一边说一边放下两大碗蛇羹。我更喜欢吃的，其实是那些菊花、烧饼和柠檬叶，没有这些，我便不吃蛇了。

"你们爱吃蛇胆吗？"她问。

我和杜卫平张着嘴对望，吃那种东西，太可怕了吧？我闭起眼睛用力摇头。

"真可惜！蛇胆很补身的呢！"郁郁说。

杜卫平把碟子里所有的菊花和烧饼都拨到我的碗里。

"你怎知道我喜欢吃？"

他微笑："看得出来。"

"我们好像没有一起吃过蛇。"我笑笑说。

就像没有一起逛过 IKEA 一样，我也没有跟从前的男朋友一起吃过蛇。吃蛇这种事，在热恋故事里似乎是不会发生的。谁要是提议去吃蛇，好像太粗鄙了，太食人间烟火了。后来，当我们不再相见，遗憾的却是在一起的时候吃太少人间烟火了。

21

郁郁忙完了，走过来坐下，从怀中掏出一张药方，诚恳地说：

"这个可以拿去给葛米儿试试看吗？是我外公留下的，可以治癌。"

我收下了，虽然我知道没有用。

"她还在做化疗吧？"郁郁问。

"嗯。"我点点头。

"报纸都在报道她的消息，大家都很关心她。"郁郁说。

"我想要再吃一碗蛇羹。"我说。

杜卫平张嘴望着我："你吃得真多。"

"一会儿去按摩好吗？"我问。

"按摩？"

"我从来没有去过按摩院，很想去见识一下。去找蒂姝吧！她会给我们打折的。"我说。

"你今天晚上发生了什么事？"他笑着问我。

往事已经远远一去不可回了，林日在印度找到超脱的人生，而我，只是想好好品尝生活里的人间烟火。

22

这天回到书店，我在楼梯上已经听到店里传来一阵阵喧闹，刚走上去，贝多芬便兴奋地跳上来舔我。它穿上了葛米儿织给它的袜子，动作有点笨拙，在我的肚子上滑了一跤。

葛米儿站在那里，戴着我替她挑的那顶齐肩卷曲假发，身上的衣服松垮垮，看上去比从前瘦了一圈。她脸上涂了粉，除了有点苍白，看起来并不像病人。

"你为什么跑来？人这么多，很容易感染的。"我说。

她噘着嘴说："在家里很闷，我带贝多芬出来走走。"

小哲说："程韵，你现在试试假装要走。"

大虫也附和："对！你试试走下楼梯，看看贝多芬会不会咬住你不放。"

我听得一头雾水："为什么？"

葛米儿笑着说："贝多芬是神犬嘛！你要走的时候，它咬着你不放，像它那时咬着我不放，那么，你的身体可能有事，要尽快去看医生。"

小哲说："我和大虫刚刚试过了，幸好，它没有咬着我们不放。"

大虫拍拍胸口说："我不用去做身体检查了。"

"你们真是的！这种事也可以拿来开玩笑！"我责怪他们。

"你来试试吧！"葛米儿说。

贝多芬蹲在那里，用它那双教人心软的褐色大眼珠怔怔地望着我，好像准备要测试我的命运。

"我不要。"我说。

"为什么不试试看？病向浅中医嘛！"葛米儿说。

"我不敢。"我坦白地说。

她笑了："你的胆子真小。"

23

"程韵，我想开一场演唱会。"葛米儿忽然说。

"现在还开演唱会？养好身体再说吧。"我劝她。

"是告别演唱会。"她说。

我喉头哽咽，不知道说些什么好。

"只开一场，出席的都是我的好朋友和歌迷。"她说。

"先别想这些事情。"我说。

"是时候去想了。"她说。

我难过地望着她。

她却向往地说："我会穿漂亮的衣服，为大家唱我喜欢的歌，让大家永远记着我，用这种方式告别是最幸福的。"

"你的身体撑得住吗？"

"我想在自己的歌声之中离开。程韵，"她朝我微笑，"我想用自己的风格死去。"

我的眼泪滔滔地涌出来。

"在告别演唱会之前，我还有一件事情要做。"她哑着嗓子说。

"什么事？"

"我想回去斐济看看我的家人，也看看那个我长大的地方，你可以陪我一起去吗？"停了半晌，她说，"我知道你一直在逃避那个地方。你的胆子真小。"

我哽咽着说："是的，我害怕。"

"可以为我去一次吗？你也该去看看的。"

她提出了一个我无法拒绝的邀约。

24

我以为可以一辈子逃避那个岛国。它是那么陌生，是我未曾到过的，所发生的一切，便也像梦一样。我既恨且怕，它无情地吞噬了我深爱的人，他去的时候，何曾想过那儿将是葬身的墓园？

我以为我永远不会去，至少也会在许多年后，当光阴抚平了心中的创痛，直到我坚强得可以承受的时候，我才能够带着一束白花去凭吊。他会原谅我的迟到，明白我是多么胆小。即使我已经从一种生活渡到另一种生活，从一个梦渡到另一个梦，我还是没法登临那片让我肝肠寸断的土地。

可是，我现在怎么忍心拒绝一个垂死的人的邀约呢？

25

"去看看吧，也许你已经可以承受。"回家的路上，杜卫平说。

我茫然地走着。

"克服恐惧，最好的方法便是面对。"他继续说。

"斐济是我的魔咒，我不知道会发生什么事情。"我说。

"也许什么也没发生呢。"

然后，他问我：

"不去的话，你会后悔吗？"

我无法回答这个问题，无法断然说不。

"你想去的，你只是怯场。"他了解地说。

我感激地朝他微笑。是的，两年来，我既害怕也想念，无数次想过要直奔那个地方，却一次又一次怯场了。我还是宁愿跟他隔着永不相见的距离。

"我唯一担心的，只有一件事情。"他说。

"什么事？"我诧异地望着他。

"那里应该没什么东西好吃，你那么贪嘴，怎么办？"

我笑了："我可以吃面包树的花，我一直想知道那是什么味道。我带一些回来给你尝尝。"

他朝我微笑，好像有些话想说又始终没说。

26

出发的那天，杜卫平帮我把行李拿到楼下去。风仍然寒冷刺骨，我们戴着一样的围巾等车。

"别忘了帮我喂鱼。"我说。

"放心吧，我不会饿死它们的。"他说。

搬去和他一起住的那天，也是他帮我拿行李的，只是，那一次的行李比较多，那天和他一起来的，还有韩漾山。

"我会比葛米儿早一点回来，我要考试。"我说。

"有时间温习吗？"

"时间是有的，只是没有你这张人肉穴位图。幸好，这次考的不是穴位，是药理。"

"有想过行医吗？"

"我？连你都不肯做我的白老鼠。"

他笑笑："说不定你将来会进步。"

"我只是想多学一点东西，生命太短暂了。我不希望我的墓志铭上写着：这个人只会吃。"

他笑了："如果葛米儿要在自己的歌声中离开，我也该在餐桌上告别。"

"我呢，只是想死得优雅一点，我的墓志铭或者可以写：她活着的时候虽然不算优雅，但是死得蛮有仪态。"

他咯咯地笑了，说："等你回来，我们可以开始策划普罗旺斯之旅。"

"又是吃？"我笑笑。

他朝我微笑，然后，那个笑容消失了，他说："我和漾山分手了。"

我默然。

停了半晌，我问："是什么时候的事？"

"是最近的事，但是，这个想法在彼此心中已经有很长一段时间了。"

"嗯。"我点点头。

我们谈话中的停顿好像变得愈来愈长，到了最后，我们唯一听到的，是彼此的呼吸声，这声音使我们意识到某种从前不敢正视的东西正慢慢地飘来。

27

葛米儿的助手开车过来，葛米儿坐在后面，身上穿着厚厚的毛衣，杜卫平帮我把行李箱放在车上。

我上了车，葛米儿调低车窗，调皮地跟杜卫平说："我会照顾她的。"

他腼腆地笑笑。

车子驶离他身边，我回过头去跟他挥手说再见，直到他在我的视野中消失。

我本来要出发去一个哀伤的地方，可是，这一刻，一股幸福的浪潮却席卷了我。上车之前，我多么想和他拥抱！他好像也准备好用一个拥抱来代替离别的叮咛。可是，我退却了。

流浪的 面包树

最美好的爱，是成全。

我爱的人，又是否理解，我是卑微的小鸟，

收起高飞的翅膀，用我的遗憾，成全了他的归来？

第 四 章

最美好的
爱

流 浪 的 面 包 树

1

林方文便是走这条路线去斐济的。

我和葛米儿先从香港到奥克兰，然后在奥克兰转飞斐济维提岛。葛米儿一家就住在维提岛的南第市，是个旅游胜地。

在往南第的班机上，葛米儿挨着我的肩膀酣睡。这么长的旅程，对一个病人来说，不免有点艰难。

望着她，我想起刚刚和林方文分手的时候，我曾经悄悄走到她的住处外面偷看她，在她身上凭吊我和林方文的爱情。谁又会想到，今天竟是她领着我去凭吊林方文？人生的万件事情，为什么好像彼此模仿，而我们只能以复杂的心情去迎接？

2

我为葛米儿盖好被子，用一个软枕垫住她的头，起身去拿些饮料。一位新西兰籍的空姐躲在咖啡机旁边看书，我无意中瞥见那本书的作者正是林日提到的那个 Sai Baba。

"你也是他的信徒吗？"我问她。

"前阵子有位中国籍的乘客坐这班飞机去南第，她跟我们谈了很多 Sai Baba 的事情，我觉得很有兴趣，所以买了他的书。"她说。

"那位乘客长什么样子？"

"她很瘦小，皮肤比较黑，长发，穿着印度纱笼，三十出头。"她向我描述。

"你记得她的名字吗？"

"她姓林，是你朋友吗？"

我点点头，怀着满腹疑团回到座位上。空姐遇到林日的那天，正是她离开香港的第二天，她跟我说要回印度，为什么却是去斐济？

3

　　飞机在南第国际机场徐徐降落，我终于来到这片土地了，从一个冬天退回到夏天。在没有四季，长年酷暑的国度里，悲伤好像也是不搭调的，大家都是来度假，来寻找快乐的。跟我同机的，便有一队专程来潜水的香港人。

　　葛米儿的家人都来了：她爸爸、妈妈、三个姊姊和三个姊夫，一家人像是一个模子印出来的，长得很像，都是高高瘦瘦、皮肤黝黑。他们一看到葛米儿，便拥上去揽着她。九个人揽在一起，看上去像一棵盘根错节的大树，开始时是笑，然后是哭，接着又笑。他们分享着重逢的喜悦，却又为即将来临的诀别而呜咽，而我，变成一只鹅似的，仰头望着这棵家庭树，知道自己来对了。我陪她走了这一程，把她送回家人的怀抱里，在数不清的年月之后，我还会记得这令我流泪的一幕。

4

宁静的夜夹杂着各种昆虫的叫声，我在陌生的床上翻来覆去，唯有拿出笔记本温习，却一个字也看不进去。

葛米儿就睡在隔壁房间，她的三个姊姊都来了，这四姊妹，时而大笑，时而低声啜泣，未来几天，也许都会是这样。

我们害怕的，也许不是死亡，而是肉身的痛苦和告别的难舍。

5

海边有一家潜水店。我早上来，已经有一队人刚刚上船，准备出发。

"有没有去贝卡礁湖的船？"我问店员。

"已经满了。"他说。

"还有另一班吗？"

那个戴耳环的斐济大男孩说："一天只有一班，你明天再来吧。"

"那艘船就是准备出发的那一班吗？"

"是的。"

"能让我挤上去吗？"

"我们不可以这样做的。"他微笑拒绝。

6

第二天，我起了个大早，再去那家潜水店。

"有去贝卡礁湖的船吗？"我问昨天那个戴耳环的斐济大男孩。

"有的，还有两个位子。"然后，他说，"麻烦你，我要看看你的潜水执照。"

我愣住了，说："我没有潜水执照。"

"那对不起，我们不能让没有潜水执照的人上船。"

"我不是去潜水，只是去看看，我可以照样付钱。"我说。

他再一次用微笑拒绝我："我们只接受前往那里潜水的乘客，这是潜水团。"

就在那一刻，一对外籍男女走进来，出示他们的潜水执照，要走了最后两个位子。

我埋怨他："你昨天没说要有潜水执照。"

流浪的 面包树

"我没想过你没有。"他无辜地说。

"算了吧。"我知道怪他也没有用。

"我们有一些初学班，或许你可以参加。"他说。

"是去贝卡礁湖的吗？"

"我们不会带初学者去那里。这附近也有许多漂亮的潜水景点，你是有特别原因要去那里吗？"

"你记不记得，大约两年前，有一个从香港来的中国男人，在这里上船到贝卡礁湖去的？"我问。

他笑笑："对不起，我才来一年。"

我满怀失望地离开那家小店。有那么一刻，我甚至痛恨自己不会潜水，至少也该弄一张假的执照。

7

"这么早，你到哪里去了？"葛米儿站在屋子外面问归来的我。

"我想去贝卡礁湖那边，但是，我没有潜水执照，他们不让我上船。"

"你为什么不告诉我？"

我也无法回答这个问题。也许，我想一个人去凭吊。

"我可以叫二姐夫开船送你去，他有船。"她马上去打了一通电话，再回来跟我说，"他晚一点过来。"

"谢谢你。"我感激地说。

"你该去看看的，贝卡礁湖很美，是世界上有名的潜水胜地，黄昏时候最漂亮。你到的时候，刚好是日落。我从前最喜欢在那儿潜水，可惜我现在没法潜水，他们也不会让我去，你要一个人去了。"停了一下，她说，"可以代我问候林方文吗？"

我点点头："你要跟他说些什么吗？"

她想了想，说："就告诉他，我很怀念活着的滋味。"

我朝她微笑："他会比任何人更明白。"

8

葛米儿的二姐夫开了一艘白船来载我去贝卡礁湖。他是在斐济出生的第五代华侨，已经不会说华语了，我们只能用英语沟通。当一个人不理解另一个人的母语，一切都好像隔了一层，这样也许更好，我无须为我的沉默解释。

船到了贝卡礁湖，一轮落日被浩瀚的水淹没了，变成无边无际的红。海鸥在空中飞翔，这里躺着一个我爱的人，两年来，我没能为他撒一把泥土，不知道他是否睡得安稳。

我跟葛米儿的二姊夫说：

"你可以等我一下吗？"

他点点头。在橘子色的亮光之中，我看到的只是一个轮廓。

我预先在衣服里穿了一袭黑色泳衣，这一刻，我脱掉身上的衣服，从甲板上纵身跳进水里。

如果时光可以倒退的话，我想用这个方式跟他道别。在他写给我的最后的信里说，他曾经以为，所有的告别，都是美丽的，我们相拥着痛哭，我们互相祝福，在人生以后的岁月里，永远彼此怀念，思忆常存。然而，现实的告别，却粗糙许多。

他错了，当告别的时刻重临，我游向海水最深处，拥抱我的爱人，伴他漂过这最后一段水程。在人生以后的岁月里，他在我心中，思念永存。而我只有一个微末的要求，假如还有来生，那一次，请让我首先告别。

从贝卡礁湖回来之后，一天傍晚，葛米儿走进我的房间，说：

"拿你的东西，我们去海滩。"

"为什么要去海滩？"

"今天是满月，你忘了我告诉过你的吗？每逢满月的晚上，螃蟹会爬到沙滩上，而比目鱼也会游到浅水的地方。今天的晚餐在海滩举行！我们还要吃面包树的花呢！"她快乐地说。

南非有一个这样的传说：有一天，月亮叫虱子告诉人们，人们将和虱子一样，死后可以复生。虱子在路上遇到一只野兔。野兔说，它跑得比虱子快，可以先把消息告诉人们。但是，野兔因为跑得太快，忘了原来的消息，却告诉人们，人将像月亮一样会落下并且死亡。

从此之后，月有盈亏，虱子、野兔和人却无法死而复生。

我真恨那只野兔，也恨虱子。它为什么笨得相信野兔呢？假如它聪明一点，人的命运从此便不一样了。

满月的夜里，孩子们在沙滩上捉螃蟹和比目鱼，我也吃到面包树的花了。我把烤过的花撕成两半，里面冒出热腾腾的蒸汽和一团白肉。

"好吃吗？"葛米儿问我。

"味道很像面包。"我说。

葛米儿一边吃一边说："嗯，它的味道其实没有什么特别，不过，因为童年时吃过，所以一直很怀念。尤其是到了香港之后，即使吃过很多美味的东西，偶尔还是会想吃面包树的花，那是乡愁。"

我吃的，却是思念。

这个岛上，几乎到处都可以看到攀向蔚蓝色天空的面包树，长伴我所爱的人。

11

"为什么不见威威？"我问。

"他去了澳大利亚那边工作。"葛米儿说。

"他现在有女朋友吗？"

她摇摇头："姊姊告诉我，他一直在等我。"

"有一个人一直这样等自己，不也是一种幸福吗？我也希望有一个男人永远为我守候。这种想法是不是很自私？"

她朝我笑笑："女人还是自私一点比较好。"

"有没有告诉威威，你回来了？"

她摇了摇头。

"为什么不告诉他？"

她感伤地说："我不希望他难过。别看他那么强壮，其实内心是很脆弱的。"

我笑起来："不是说女人应该自私一点吗？为什么不叫他回来陪你？他是心甘情愿的。"

她笑了："我也没有自私到那个程度！"

"你还是不自私的。"我说。

"你也不自私。"

"太失败了！自私一点是比较快乐的。"

"就是啊！"

我们相望微笑。

流浪的 面包树

然后，她拿起身边的渔网，说：

"我们去捉比目鱼吧！"

我们赤着脚走到海边，月在水中，主宰着时间的流逝。在布列塔尼，人们喜欢把事情分成上帝做的事和魔鬼做的事，马是上帝创造的，驴是魔鬼创造的；太阳是上帝创造的，月亮是魔鬼创造的。那么，谁创造男人，谁创造女人？人也许是唯一由上帝和魔鬼合作创造的。我们既是上帝，也是魔鬼，在爱里，有时伟大得自己也没法相信，有时却自私得认不出自己来。

生命应该是上帝创造的吧？那么，死亡便是魔鬼创造的了。据说，上帝根本是一个委员会，委员会的意见太多了，常常拖慢了事情的进度。魔鬼独来独往，当他要带一个人走的时候，你或许连告别也来不及。

12

水上飞机在海面上隆隆起飞，离地愈来愈远了。

"好玩吗？"葛米儿问我。

我们坐在"海龟航空公司"一架只容得下四个人的水上飞机里做环岛旅游。

"我小时候常常玩的。"她说。

我们变成插上翅膀的鸟，在维提岛上空飞翔。

在斐济的那几天，并不觉得这里的人很多，可是，一旦从天空往下望，却发觉海滩上挤满人，像蚂蚁一样，浮生若梦。

"演唱会的日子已经定下来了。"她说。

我难过得说不出话来，演唱会便意味着告别的时刻来临。

"没想到这么快可以再开演唱会！这一次，我可以唱《花开的方向》了。"她天真地说。

"是安可的时候唱吗？"

"现在，这首歌又好像不太适合唱安可，太惨了。我怕我会哭。"她朝我微笑，说，"假如林方文还没死，那该有多好！他可以为我写一首美丽的挽歌，那样才算是完美的。"

"世事根本没有完美，追求完美的人，是很笨的。"我说。

她笑了："你是说你自己吗？你一向也追求完美。"

"我是吗？"我惊讶地问。

"难道你自己不知道吗？你是个完美主义者。"

我笑笑："所以我知道完美是不可能的。"

"你已经有一段很完美的爱情。"

"那是因为他已经不在了。失去的，便是最好。"

"嗯，一旦离开了，便成为永恒。我也将要成为永恒。"她向往地说。

我笑笑："真嫉妒你啊！"

她笑起来："你看我妈，满脸都是皱纹，虽然那些皱纹很可爱。可是，你们永远没机会看到我的皱纹，也不会看到我松弛的身体。"

"你再说下去，我都不想活了。"

"可是，这不是我的选择，就像出生一样，只是一个偶然。"她苦笑了一下。

黄昏的时候，夕阳没入海里，飞机开始降落。乍然回首的那一刻，我惊异地发现一张熟悉的脸。

13

海上有一艘白色小船，船上躺着一个人，全身素白，随水漂流。

不可能的，一定是我看错了。

我不也曾经以为坐在家里那把扶手椅上的人是他吗？

我把脸贴着窗，想再看清楚一点，那艘小船却已经不见踪影了。

"你看什么？"葛米儿问我。

我回头，惊惶地告诉她："我好像看见了林方文。"

"在哪里？"

"我看到他在一艘小船上面。"我朝那个方向指给她看。

她往下望，什么也没看到。

"现在不见了。"我说。

"你认错人了吧？"她说。

飞机在海面上降落，激起了巨大的浪花。一艘白色小船来接我们上岸。

林方文怎么可能还活着呢？他已经活到永恒里了。

14

留在斐济的最后一天，我一个人来到那天飞机起飞的海滩。

飞机不见了，海上满是鲜花漂浮。这天是印度教的节日，人们按照传统把鲜花投向海里，鲜红色的九重葛、粉红色的木槿和白色的鸡蛋花，缤纷绚烂，铺开了一片放眼不尽的花海，人们在花海中泅泳。

我把怀中的鸡蛋花抛到海里，但愿它化成一艘白色的小船，航向永恒的思念。

我那天见到的，也许不是一个人，而是一个恋恋不舍的鬼魂，在将要道别的时刻，回头向我淘气地叮咛，然后倏忽消散。

我在天上，他在海里，隔着无法触摸的距离，我们再道一声珍重，唤回最凄绝的拥抱。

思念，如同洪水，泛滥成灾。

他便是这么可恶，总是要看见我流泪才肯罢休，却不知道我已经长大了，不再那么容易哭。

他忘记了，在时间的长河里，他没有长岁数，我却没他那么年轻了。

15

日已西沉，人们陆续离开了那片花海。有人在海滩上点燃了一个个火堆，开始烧烤食物。在扑鼻的肉香之中，弦乐器与鼓奏起，大人与小孩一块唱着歌，跳着舞，庆祝一天将尽，明年再会。

一个卷毛的混血小女孩走来拉着我跳舞，我们围了一个很大的圈，还有美国和日本的观光客，一起忘形地跳舞。

我踏着舞步，驱身在海滩上乱转。蓦然回首，在影影绰绰的人群里，我吃惊地发现一张熟悉的脸。

他在火堆旁边敲着鼓，快乐地唱着歌。

隔着明灭的火堆，我们诧异地对望着。他的手停留在半空，刚才拉着我跳舞的小女孩跳到他身上，钩住他的脖子，让他背着。就在那一刻，一个红发的外国女人走到他身旁，亲昵地揽着他的腰，吻了吻那个小女孩。

那个小女孩淘气地用一双手蒙住他的眼睛，他拉开了她的手。

在最后一抹黄昏的余光里，我们隔着的，不是火堆，而是数不清的前尘往事，关山之遥。

他窘迫地望着失落了灵魂的我。

16

葛米儿坐在房子前面的石阶上，看到了我，她站起来问：

"你到哪儿去了？我以为你迷路了呢！"

"我看见了林方文。"我说。

"你是不是又认错人了？"

"他在海滩上打鼓。"

"你会不会是见鬼了？"她一副难以置信的样子。

"他没死。"我说。

她吃惊地望着我，我看得出她是不知道的。假如她知道真相，也不会叫我来斐济。

"你是说他没死，而且还在海滩上打鼓？"

"是的。"

"不可能的。"她摇着头说。

"不是不可能的，出事之后，没有人找到他的尸首。"

"你带我去看看。"她拉着我的手。

"他不会再留在那儿的，他已经发现了我。"

"会不会是长得很像？"

"你以为我还会认错人吗？"

看到他的那一刻，我也以为那不过是一个跟他长得很像的男人，甚至只是幻象，然而，当他回望我时，不需要说话，不需要任何证明，我知道站在火堆旁边的，是与我有过一生中最热烈时光的男人。

"你有跟他说话吗？"葛米儿问。

我摇了摇头："他已经有太太和孩子了。"

"太太和孩子？"她张嘴呆望着我。

"嗯。"

"那个孩子有多大？"

"四五岁吧。"

"那不可能，他失踪才两年。"

"总之，他有一个关系很亲密的女人。"

"那他为什么要躲起来？"

"他做事还需要理由的吗？"

葛米儿突然说："那不是很好吗？林方文没死！他没死！你不是也一直这样希望的吗？"

"可是，葛米儿，"我恼怒地说，"这个玩笑开得太大了！"

流浪的 面包树

17

空服员把机舱里的灯调暗了，人们开始睡觉。

葛米儿最后的话在我心里回荡，我不是也一直希望林方文没死吗？

他没有死，我应该觉得高兴，为什么我竟然感到失望，甚至愤怒和伤心？

我终于明白林日为什么给我一笔钱，说是林方文的心意，她为什么骗我说去印度却来了斐济。

她是唯一知道林方文还活着的人。

我替他想了千百个理由，为什么他要假装死去，可是，没有一个理由是我可以说服自己去原谅的。

我在天空中看到的，不是一个鬼魂。

我跳到海里跟我爱的人告别，现在看起来，是多么可笑的痴愚！

我朝思暮想的人，原来早已经忘了我，快乐地生活。

我恨他，我恨那个活着的他。两年来，我在心里供奉的那段永恒的爱情，在重逢的一瞬间，已经彻底破灭了。

18

飞机徐徐降落在我熟悉的土地上，我却不知道怎样去面对从前的生活。

我提着行李回家，门开了，一张笑脸在那里等我。

"回来啦？吃了没？我炖了汤，还有鱼和菜，你一定吃不惯斐济的东西。"杜卫平滔滔地说着。

我放下行李，低下头找我的拖鞋。

"找拖鞋吗？在你的房间里。"他微笑着说。

"哦，谢谢你。"

我朝自己的卧室走去。

"你是不是很累？"他关心地问。

我站在那里，深深吸了一口气，回头跟他说：

"林方文还活着，我在斐济见到他。"

他诧异地望着我。

我们无奈地对望着，已经不知道说些什么好了。

在车站分手的那天，我以为，当我回来，会有甜美的新生活为我敞

188
流浪的 面包树

开，他也是这样相信的吧？我们在思念里等待着。我以为，当我回家的时候，我再也不会退却，我们会热烈地拥抱。然而，到了最后时刻，这种渴盼却又失去了。

"我不饿，你自己吃吧。"我疲倦地说。

19

我拧开门把，赤脚走进房间，扭亮了那盏等我归来的灯。

灯光下，我惊讶地看见了满床的粉红色毛拖鞋，一双靠着一双，全是一个样子的。那粉调的颜色，甜蜜了夜晚的房间。

一阵鼻酸涌上心头，我掩着脸，伫立在床前，无法描绘那种复杂的心情。

20

天渐渐亮了，睡眠就像往事一样，慢慢而无奈地飘来，我倦倦地合上了眼睛。

醒来的时候，已经是黄昏了。

我走出客厅，拧亮了灯，发现桌上有一张字条。杜卫平说，他会离开几天，没什么，只是很久没放假了，很想出去走走。他还向我道歉，说没有事先跟我说一声。炖好的汤，他放在冰箱里。

我把那碗菜汤从冰箱里拿出来加热，觉得忧郁而沮丧，却又有一种奇异的解脱感，在这一刻，我不需要面对他，无须苦苦地思虑我们的关系。

我一个人在屋子里喝汤，喝着喝着，好像没那么难过了，只留下一种失落感。两年前的一天，我提着所有的家当搬进来，两年后的一天，他离开了，留下我。回想起与他一同生活的岁月，我还有什么好抱怨的呢？即使我们的故事要如此结束，也无损它的美丽。

我放下手中的碗，走到鱼缸前面，弯身看着缸里的鱼，除了共处多时的感情之外，它们现在已经没有另一种意义了。

我去洗了一个澡，心中的失落渐渐消散了一些。爱是美丽的，但也是累人的，我多么向往一个人的自由！从此以后，无须在苦苦的思念里轮回。突然间，我的身子轻盈了许多，我甚至在浴缸里唱起歌来。我决定了，以后只要别人来爱我，我不会再那么爱一个人了。我想象自己变成一个无情的女人。无情是多么绝美的境界！我再也不会受伤害，不会了。

21

这种自我迷醉一直延续了许多天，然后，一切都改变了。我不由自主地想起了杜卫平。

屋子里满是他的气息。回家的路上，只剩下我孤零零一个人，星辰寂寂。

我踏着地上的枯叶，走过他的小餐馆，希望看到他回来，只是，每一次，这个希冀都落空了。

22

"我回来啦！"葛米儿在电话那一头说。话筒里传来热闹的人声。

"你那边很吵。"我说。

"我的家人都来了，住在我家，贝多芬很兴奋呢！"然后，她说，"我来找你好吗？"

晚一点的时候，她来了。

她坐到那把扶手椅上，说：

"我见过林方文了。"

"你是怎么找到他的？"

"你忘了那里是我的地盘吗？"

"他没有躲起来吗？"我冷冷地说。

"他的确是差点就死了。"她说，"那次潜水，他被一个急流卷走了，在海上漂流了六天，假如不是连续下了许多天的雨，可以喝雨水维生，他早就死了。一艘渔船经过，把他救起来时，他全身都晒伤了，在医院躺了十多天。那些日子，不知道他是怎么过的。"

"那他为什么不回来？"

葛米儿耸耸肩膀，微笑：

"他想要另一种人生。"

"那并不需要假装死去。"

"只有这样，才可以有另一种人生，在一个新的地方重新开始，忘记从前的生活。"

"自己去过另一种生活，却把痛苦留给别人。这不是太不负责任吗？"我生气地说。

"他并不知道你会因此而跟韩星宇分手。"

"那又有什么关系呢？他已经结婚了。"我说。

"他并没有结婚，那个法国女人是他女朋友，那个小女孩是她跟前夫生的。"

"那又有什么分别？他很快乐地过着另一种生活了。"

"程韵，你并不是第一天才认识林方文的吧？你知道他就是这样一个人。"

我哑口无言。是的，他向来便是这样一个人，我为什么不理解呢？从前我常常害怕他总有一天会悄然无声地离我而去，去寻找那个虚无缥缈的自己。

"他过几天会回来。"葛米儿说。

我诧异地问："他回来干什么？"

"回来出席我的告别演唱会，是我邀请他的。他答应帮我写一首歌，一首挽歌。你说人生是没有完美的，现在不是完美了吗？"她朝我微笑。

我不知道该如何回答，这一种完美，还算不算是完美？

"是不是很可笑？他没有死，我却要死了。"她笑笑说。

我以为我害怕的，是告别的时刻，原来，我同样害怕重逢。

几天后的一个晚上，我站在书店的阳台上，突然听到寂静中响起一阵脚步声，我回过头去，看见林方文就站在我面前。

"嘿！"他微笑地跟我打招呼。

"什么时候回来的？"

"昨天。"他说。

然后，他问："这就是你的书店吗？很漂亮。"

"是吗？"我微笑。

"只有你一个人打理吗？"

"还有一个助手，他下班了。只有你一个人回来吗？"

他点了点头。

一阵沉默过去之后，他说：

"葛米儿说你现在很成功，她还说你在学中医。"

"这些算不上什么吧？她跟你说了很多关于我的事情吗？"

"不，不是很多。"

"我没想过会在斐济见到你。"他继续说。

我冷冷地笑了起来："我也没想过，还以为自己见鬼了呢！"

他一副理亏的样子，不吭声。

"如果不是被我碰见，你便可以一辈子躲起来了，真对不起。"

他还是不吭声。

我生气了："你不觉得你很自私吗？你只需要跟大家说一声，你同样可以过新生活的。"

"那时我觉得不快乐，很想脱离以前的生活，没想那么多。"他抱歉地说。

"你以为其他人会快乐吗？你知不知道我多么自责？你知不知道那段日子我是怎么过的？我以为你永远不会回来了！"我喉头哽咽，说不下去。

"那个时候，我以为你不再爱我了。"他可怜地说。

我哑然无语，泪水涌出了眼睛。

24

"现在说这种话，不是已经太迟了吗？"我抹去脸上的眼泪。

我们沉默地对望着。终于，他说：

"躺在医院的时候，我很想见你，很想打电话给你，很希望能够再次听到你的声音。可是，我想，我还是不应该破坏你的新生活。"

"你知道我会来的。"我哽咽着说。

"你来了，还是没办法解决我们之间的差异。"他说，"我们从来没办法好好相处。"

"那是因为你一次又一次欺骗我！我已经被你骗得够多了，包括这一次。"我恼怒地说。

"我以为只要我离开，对大家都好，你会忘记我。"

"林方文，别说得那么冠冕堂皇，你只是为了你自己。"

"假如我没法了解自己，我也没法了解你。"他说。

"你现在又何尝了解？"

"至少，我对爱情多了一点了解。"

"你了解什么？"我讪讪地笑起来。

"爱便意味着成全。"他说。

"啊！是的，多谢你成全我，你让我知道，没有了你，我仍然可以活得好好的！你让我知道，当别人对我残忍的时候，我要更爱我自己！你让我知道，我所爱的那个人从来没有我以为的那么爱我。"

"我爱的。"他说。

"废话！你已经爱着另一个人了！"

"我只是想要过另一种生活，想要忘记你。"

一阵自哀自怜涌上心头，我凄然地说："你走吧。反正，你是为了葛米儿回来，不是为了我回来。你说得对，你实在不应该破坏我的新生活了。"

他无奈地望着我。

漫长的沉默中，我们只能听到彼此的呼吸声。

终于，他说："我走了。"

在他转身离去的时候，我说：

"你知道吗？"

他回过头来望着我，那双我永远不会忘记的眼眸，等着我说话。

我眼里溢满了泪水，沙哑着声音说：

"我宁愿不知道你仍然活着，那样我会一辈子怀念你，一直相信跟你在一起的日子是我一生中最美好的时光！"

我们在沉寂中对望着。然后，我别过脸去，靠着栏杆，听到了他离开的声音，那些我曾经以为再也不会听到的脚步声。

我不是期待着这一场重逢吗？我却竟然告诉他，宁愿不知道他仍然活着。他说得对，我们从来没有办法好好相处。

我们永远没法解决彼此之间的差异，除非我们永不相见。

25

葛米儿穿着一袭宽松的白色长袍，戴着一顶刘海齐肩的直假发，从开场的时候开始，便一直坐在舞台中央一把高靠背红丝绒的扶手椅上。

舞台上只打亮了几盏灯，然而，汗珠还是从她脸上滚滚掉落。通过麦克风，我们听到她唱每首歌时沉重的呼吸声，还有无数次短暂的停顿。可是，谁又会介意呢？

该来的人都来了，她的家人、歌迷、朋友。贝多芬也来了，忠心地蹲在台下，沉醉在主人最后的歌声里。人太多了，我和小哲，还有大虫，也只能够留在控制台上。

从来没有一场演唱会是这样的，大家鼓掌，流着惜别的眼泪，偶然还听到低声的啜泣。舞台上那颗闪耀的明星，却执意要用自己的方式，走向人生的终点。

她开始唱《花开的方向》。唱完了最后一句，她合上了眼睛。

她合上眼睛的时间很长很长，我们渐渐听不到她的气息。

音乐早已经停了，在漫长的等待里，葛米儿的三个姊姊呜咽起来。

26

突然之间，葛米儿的膝盖摆动了一下，眼睛缓缓张开，望着她的三个姊姊，调皮地说：

"我没有走，我还在这里，我还有一首歌要唱呢！"

我们都笑了。

"我闭上眼睛，只是想永远记住这一刻。"她微笑着说。

然后，她吸了一口气，说：

"开这场演唱会的理由是自私的，不是要你们永远记住我，而是希望你们陪我走最后一段路。我唯一害怕的，是离别的寂寥。"

停了一会儿，她说：

"生命短暂得有如清晨的露水，我要感谢所有爱过我的人：我的家人，我的朋友，我的歌迷，我的情人。我只是要去过另一种生活。我会想念你们。"

她喝了一口水，继续说：

"我将要去的那个地方，是没有时间的，当你们感慨时光流逝的时候，我还是会像现在这么年轻。这是我暂时想到的唯一的好处。"

停了很久之后，她微微喘着气，说：

"时间对于要离开的人，总是太仓促了。当我知道自己有病的那一刻，我决定要唱着歌，走向人生的终点。在自己的歌声中离开，是多么幸福的离别！"

台下传来了悲伤的啜泣声，我泪流满面，旁边有人递上一条手帕给我。我回过头去，看见杜卫平。一阵悲伤涌上心头，我抿着嘴，用手帕掩着脸，不让自己在他面前哭出来。

27

"现在，我要唱最后一首歌了。"葛米儿虚弱地说，"谢谢林方文，为我写了一首挽歌。我也许是唯一可以自己唱挽歌的人。"

她换了一个姿势，看了看跟乐队坐在一块的林方文，说："很不公平啊！大家以为林方文死了，原来他没有死，我却要死了。"她停了一下，接着说："死了的动物，有时候会成为宠物罐头，幸好，死了的人不会。"

观众席上传来一阵阵笑声。

然后，葛米儿站了起来，走到台前，钢琴和小提琴的旋律从台下丝丝缕缕地升起，她的手拈着麦克风，用低沉的嗓音，唱出自己最后的歌。

我的故乡，在遥远的岛国

落日，染红了岩礁

点亮了九重葛和木槿

面包树又落下一片叶子了

我以为人生

会像花开一样灿烂

会闪烁一如星辰

世上，如果真有幸福的离别

我好想唱着歌，走向人生的尽头

不要为我流泪，明年花开

我还会一样年轻

我要去的地方，没有岁月

也没有苍老

虽然生命

有如木槿，朝开暮落

但花开之日，滋养我，有你的爱

我害怕的，只是离别的寂寥

不要为我流泪

岁月流逝，坟墓只是一个关口

有一天，我们都会相叙

我想你明白：最美好的爱，是成全

成全你去寻找你的快乐

我们有过一生中最热烈的时光

今后，我是繁星，永远为你明亮

我是飞鸟，为你翱翔

我不在遥远的故土

我在你身边

离别纵然寂寥，但我的爱

不要为我流泪

音乐停了，舞台上的灯一盏盏熄灭。葛米儿回到那把扶手椅上，载着扶手椅的升降台缓缓沉下去，然后消失了影踪。

所有年轻的告别，都不可能是幸福的吧?

28

我推开了化妆室的门，贝多芬走过来，舔了舔我，然后回头蹲坐在葛米儿身边。它那双让人心软的眼珠，一直盯着主人。

房间里放满了朋友和歌迷送来的花，全是黄玫瑰，是葛米儿要求的。白花悲伤，黑花哀愁，只有黄花，是离别，也是重逢的颜色。

这一刻，葛米儿坐在梳妆台前面，沉思默想。

"嘿! 累不累?"我走到她身边。

她睁开眼睛，疲倦地微笑:"有一点啊!"

"你今天的表现很精彩。"我靠着梳妆台坐下。

她粲然地笑了:"没想到我可以唱完呢!"

"你跟林方文谈过了吗?"她问。

我点了点头。

"怎么样？"

我摇了摇头。

"你还在生他的气吗？"

"他不是很自私吗？那些日子，我每天用回忆来折磨自己，我数不清自己在夜里哭过多少遍，我不知道是怎么熬过来的，他却逍遥快活！"

"可是，你又有什么损失呢？"她忽然说。

我望着她，哑然无语。

她继续说："你不也是过着另一种生活吗？而且比从前丰盛。要不是以为林方文死了，你也许还是从前那个程韵，以为爱情是人生的全部。"

我没好气地说："你是他派来的吗？"

她笑了："你还爱他吗？"

"一点都不了。"

"真的吗？"她一副不相信的样子。

"我不会再跟他在一起。"

"谁能够说得那么肯定？"

"我能够。"

"你已经爱上了杜卫平？"

"我和林方文，是以前的事了，现在看起来，已经太遥远。"

"程韵，"她呼了一口气，虚弱地说，"人要对自己诚实。"

29

"我一向都对自己诚实。"我哽咽着说，"这一次，他也不是为我回来的。"

"那是因为我要死了！难道你想跟我交换吗？如果你发生什么事，我相信他也会回来的。他不是叫他姊姊拿钱给你吗？他一直都很关心你。"

"已经过去了，我们再也不可能。"我抹去眼角的泪水。

"你真是愈来愈固执。"

我笑笑说："我是的。"

然后，她说："我今天早上打电话告诉了威威。"

"为什么现在才告诉他？"

她微笑地打趣说："也许我一直恨他吃了我们养的那只鹅。"

我笑了："他怎么样？"

"他哭得很厉害，问我为什么不早点告诉他。"

"他会来吗？"

"他搭中午的班机来。"她沙哑着声音说。

我拍拍她的肩膀："看他对你多好！"

"林方文应该在外面，你出去跟他谈谈吧！我换了衣服就出来，我们一起去吃东西，我饿坏了！"她摸着肚子说。

"嗯。"我站起来。

她忽然问："我会不会太晚才通知威威？"

我看看墙上的钟，说："不会的，从澳大利亚来这里，八小时飞机，他应该差不多到了，快点换衣服吧。"

她照着镜子，在镜子里向我微笑：

"那我要换一个妆，这个妆太浓了。"

我拉开了门，贝多芬突然走上来，咬住我的裤脚，我吃惊地望着它，想要把它甩开，它还是咬住不放，我把它推开了。

30

我靠在走廊的墙上，打从心底害怕起来。被贝多芬咬着，是意味着我会有什么不测吗？我太迷信了，竟然相信那么无稽的事情。

林方文跟乐团的人在一起，看到了我，他走过来。

"你的脸色很苍白，没事吧？"他问。

我摇了摇头，说："那首歌写得很好，但愿我也有一首这么动听的挽歌。"

"我倒宁愿用不着写这首歌。"他说。

"威威正在赶来的路上。"我说。

"很久没见到他了。"

"我也是。第一次见到他的时候，我看见他皮肤黑黑的，头发短而卷曲，还以为他是土著。"我笑笑说。

"我在海上被救起的时候，已经曝晒了好几天，人们也以为我是土著。"

我们相视笑了。

"什么时候回斐济？"我问。

"还没决定。"他说。

"还会潜水吗？"

"为什么不？"

"你不怕死吗？"

他朝我微笑："怕死便不会回来。"

31

"听说你女朋友是法国人。"我说。

"是的，她在普罗旺斯出生。"他说。

"普罗旺斯？"我喃喃地说，难以相信世事竟然如此巧合。在我们分开的岁月中，却好像曾经打了个照面。

"你去过那里吗？"他问。

"还没去过，也许会去。"我说，"你呢？"

他摇了摇头。

"你什么时候会结婚？"我问，"那个小女孩很可爱，你们看起来像一家人。"

他窘迫地笑了笑，又有些难过。

我们终于能够和平共处，却已经没法回到从前的时光了。

化妆室里，突然传来贝多芬在门边呜呜咽咽的声音，听起来像哭泣。林方文和我冲了进去。

葛米儿伏在那张梳妆台上，手里还拿着一个卸妆的棉球，已经没有气息了。

32

一艘白船载着葛米儿的骨灰在熹微的晨光中出发，航向贝卡礁湖。

船停了，她的家人把她的骨灰撒向海里，这是她的遗愿。

谁又会想到，最后长眠在那片美丽礁湖底下的，是葛米儿？

我坐在窗边，把摇铃抱在怀里。那天在告别演唱会上，当最后一首歌唱完，我回过头去，杜卫平已经不见了。

每天早上，当我离家上班，无数陌生人从我身边走过，我才忽然明白了生命里的缺失。我以为爱情是一个人的事，对他的思念却无助地在心里千百次回荡。

他还会回答我的呼唤吗？我轻轻摇了摇手上的摇铃。

突然之间，门铃响了，我以为是他，连忙跑去开门。

站在门口的，只是一个送包裹的邮差。

33

直到第二天晚上，我从昏睡中醒来的时候，听到了一点声响。我走出去，看见杜卫平在厨房的流理台上，刀法优雅地切着一棵新鲜的花椰菜。

"你回来啦？"我轻声说。

他抬起头，脸上带着微笑说："吃过饭没有？我买了鱼和菜，还有龙虾，很快就可以吃了。"

他终究还是听到了我的呼唤。

我走上去，把自己挂在他背上。深锅里的水开始咕嘟咕嘟冒泡，他掀开盖子，灵巧地把一只龙虾咚的一声扔了进去，一眨眼便已经把鱼煎得芳香四溢，还煮好了一锅菜汤。我看着这个男人以无比的柔情为我烹调一顿庆祝我们重聚的飨宴。

34

"我走啦！"小哲跟我说。

"明天见。"我说。

地上摞满了书，我和小哲整天忙着把今天送来的新书分门别类。

小哲走了，我把阳台的门关上，突然感到一阵眩晕，我闭上了眼睛，有好几秒钟，脑中一片空白，也许是太疲倦的缘故吧。

我靠在墙上，看着我的书店。面包与花草茶的芬芳依然在空气里飘荡，有那么一刻，我几乎不敢相信，这个梦想是我的。对于人生，我也不应该有什么苛求了。

邮差那天送来的包裹，是一卷录影带。

我把录影带放进电视机里。

葛米儿站在告别演唱会的舞台上，对着镜头微笑摇手，说：

"嘿！程韵！没想到还会见到我吧？我们正在彩排。那首挽歌，林方文还有另外一个版本，想送给你留念。"

然后，没有钢琴，没有小提琴，林方文坐在台边，吹起口琴，为葛米儿伴奏。

葛米儿为我唱着那支离别的歌：

　　岁月流逝，坟墓只是一个关口

有一天，我们都会相叙

我想你明白：最美好的爱，是成全

成全你去寻找你的快乐

…………

　　林方文手上的那把"蝴蝶牌"口琴是我们刚认识的时候，我兼差存钱买给他的，没想到他还留在身边。

　　看着他低着头，凝神吹着歌，那些青涩岁月的回忆忽而穿过岁月在我心中鲜明。

　　歌唱完了，他向我再道一次再见。

　　他便是这么可恶，总是要让我流泪。

35

　　那一年，在布列塔尼，当夜空上最后一朵烟花坠落，我仰望缥缈的穹苍，恳求上帝，让我许一个愿：

　　只要他一息尚存，

流浪的 面包树

我的爱是微不足道的，

随时可以舍弃。

在天国与人间，请容我斗胆交换，只要他活着回来，我答应不再爱他。

离别纵然寂寥，我没有胆量不守信诺。

最美好的爱，是成全。我爱的人，又是否理解，我是卑微的小鸟，收起高飞的翅膀，用我的遗憾，成全了他的归来？

图书在版编目（CIP）数据

流浪的面包树 / 张小娴著 . —长沙：湖南文艺出
版社，2019.3
　ISBN 978-7-5404-8903-8

　Ⅰ . ①流…　Ⅱ . ①张…　Ⅲ . ①中篇小说—中国—当代
Ⅳ . ① I247.5

中国版本图书馆 CIP 数据核字（2018）第 262027 号

上架建议：畅销·小说

LIULANG DE MIANBAOSHU
流浪的面包树

作　　者：张小娴
出 版 人：曾赛丰
责任编辑：薛　健　刘诗哲
监　　制：毛闽峰　李　娜
特约策划：张　璐
特约编辑：王苏苏
营销编辑：杨　帆　周怡文　刘　珣
封面设计：利　锐
版式设计：梁秋晨
封面插画：Lylean Lee
出版发行：湖南文艺出版社
　　　　　（长沙市雨花区东二环一段 508 号　邮编：410014）
网　　址：www.hnwy.net
印　　刷：三河市中晟雅豪印务有限公司
经　　销：新华书店
开　　本：880mm×1270mm　1/32
字　　数：118 千字
印　　张：7
版　　次：2019 年 3 月第 1 版
印　　次：2019 年 3 月第 1 次印刷
书　　号：ISBN 978-7-5404-8903-8
定　　价：40.00 元

若有质量问题，请致电质量监督电话：010-59096394
团购电话：010-59320018